MARCEL PAWLOWSKI

Das Kaffeetassen-Komplott

AF210710

Das Buch

In Heidhausen geschehen seltsame Dinge, das ist normal. Doch dann erhält Jack Boldewig, seines Zeichens Privatdetektiv und Klatsch-Beschaffer, endlich den lang ersehnten *richtigen* Auftrag. Der Lieblingskonditor einer guten Kundin wurde tot aufgefunden. Für Jack steht bald fest: das war Mord.

Die Polizei interessiert der Fall freilich nicht und so muss Jack auf die Unterstützung seiner alternden Freunde aus dem Senilen-Viertel der Stadt bauen. Diese sehen sich unterdessen mit ganz anderen Sorgen belastet, denn Bürgermeister Duwood beginnt mit radikalen Mitteln gegen ihre geliebten Tauben vorzugehen.

Doch dann zeigt sich das die beiden Ereignisse nur Auswirkungen einer viel größeren Verschwörung sind die uns alle bedrohen könnte.

Wird Jack den Mörder finden? Werden die überfütterten Tauben gerettet? Und was haben die sprechenden Kaffeetassen mit all dem zu tun?

Fragen, auf die nur dieses Buch eine Antwort liefern kann.

Der Autor

Marcel Pawlowski wurde 1982 in Köln geboren. Seit 1990 lebt er in Bergheim.

Im Jahr 2001 gewann seine Kurzgeschichte 'Die Frage' den Wettbewerb Schülerinnen und Schüler schreiben. Er wurde zum 16. Treffen junger Autoren eingeladen.

'Das Kaffeetassen-Komplott' ist sein erster Roman.

Für aktuelle Informationen zum Autor, Lesungen und weitere Texte: www.marcelpawlowski.de

Oder per E-Mail: mail@marcelpawlowski.de

Außerdem erhältlich

"Mein Tisch ist eine Insel"
Anthologie des 16. Treffens Junger Autoren 2001,
ISBN: 3-930126-16-8
Zu beziehen über das Projektbüro der Berliner Festspiele GmbH
Schaperstraße 24, 10719 Berlin
E-Mail: jugend@berlinerfestspiele.de

Marcel Pawlowski

Das Kaffeetassen-Komplott

Roman

Aus dem Gedanklichen
von Marcel Pawlowski

Die Originalausgabe erschien unter dem Titel
"Das Kaffeetassen-Komplott"
(Sie halten sie in Ihren Händen)

Deutsche Erstveröffentlichung 5/2002

1. Auflage 2002

Copyright © der Originalausgabe 2002

by Marcel Pawlowski

Umschlaggestaltung / Titelbild: Kerstin Albers, Münster

Satz: Marcel Pawlowski, Bergheim

Druck/Herstellung: Books on Demand GmbH, Hamburg

Printed in Germany

ISBN 3-8311-3809-5

www.marcelpawlowski.de

Im Gedenken an den gesunden
Menschenverstand.

Er verstarb nach langer Krankheit.

Packungsbeilage:

Zusammensetzung:
Alle Orte und Figuren in diesem Buch sind fiktiv. Es hat niemals Leute wie Jack Boldewig, Van Gogh, Bürgermeister Duwood, den Abt oder Kennedy gegeben. Sämtliche Ähnlichkeiten zu real existierenden Personen sind zufälliger Natur und nicht vom Autor beabsichtigt.
Die im Buch erwähnten Wetterlagen sind Erfindung, die GAF eine Fiktion und Politiker erzählen stets die Wahrheit. Gott hat den Mann geschaffen und die Frauen sind seiner Neigung für Rippen-Schnitzereien entsprungen.

Darreichungsform und Inhalt:
Buch, gedruckt auf Papier; 160 Seiten

Anwendungsgebiet:
Lesen; Verschenken, wenn sich sonst nichts findet.

Anwendung:
Halten sie das geöffnete Buch in 20 bis 40 cm Abstand vor ihren Augen. Beginnen sie dann oben-links zu lesen. Sobald Sie unten-rechts angelangt sind, müssen sie umblättern.

Nebenwirkungen:
regelmäßiges Schmunzeln, in besonders schlimmen Fällen Lachausbrüche.

Haltbarkeit:
Mit ein oder zwei Händen.

VORSICHT: Humor!!!

Dieses Buch ist fnord-frei!

Prolog

Heidhausen war eine große Stadt. Man hätte sie auf einer Landkarte auch gut als Großstadt einzeichnen können. Natürlich war Heidhausen nicht so groß wie Berlin oder München. Aber immerhin gab es dort eine ganze Reihe Hochhäuser, und die Stadt konnte auch mit verschiedenen Vierteln aufwarten. Dennoch wurde sie auf keiner Landkarte als großer, roter Fleck gekennzeichnet. Nicht einmal mit einem der mickrigen schwarzen Punkte. Heidhausen wurde überhaupt nicht erwähnt. Es existierten auch sonst keine Aufzeichnungen über die Stadt. Es gab sie zwar schon seit Urzeiten, doch nie hatte Jemand Aufzeichnungen über sie angefertigt. Oder besser: noch nie hatte Jemand Aufzeichnungen über die Stadt angefertigt und anschließend auch nur noch die Chance gehabt, sie Korrektur zu lesen.

Dieser Umstand hatte natürlich fatale Folgen für den Tourismus. Doch die Bürger beschwerten sich nicht. Die guten Folgen überwogen nun einmal. Die Stadt war unabhängig vom Rest Deutschlands, sie hatte eigene Gesetze und auch eine eigene Geschichte. Und was das wichtigste war: Heidhausen war ein Steuerparadies. Kein Bundesland und auch nicht der Staat forderten irgendwelche Abgaben. Heidhausen existierte steuerlich einfach nicht. Und so begab sich auch keiner der Bürger für längere Zeit aus dem Stadtgebiet.

Heidhausen lag irgendwo in Deutschland. Die Polnische Grenze war weniger als 600 Kilometer entfernt, und nach Frankreich waren es unter 800. An windigen Tagen, wenn der Wind aus Norden blies, konnte man das salzige Aroma des Meeres riechen, und wenn der Himmel besonders klar war, sah man im Süden die Alpen. Dennoch lag Heidhausen in einer gottverlassenen Gegend, in der sich verirrte Reisende so sehr verirrten, dass sie sich nie nach Heidhausen verliefen.

Die Stadt lag in einem Tal, dass nur über drei verschiedene Zugänge – einen im Norden, einen im Süden und einen im Westen – betreten werden konnte. Diese engen, gewundenen Passstraßen* schlängelten sich versteckt durch die dicht bewaldeten Hügel und felsigen Berge. Sie wurden schon seit vielen hundert Jahren von den Serpentinermönchen kontrolliert. Ihre Aufgabe war einst im heiligen BUCH™ niedergeschrieben worden und wurde seitdem unvermindert ausgeführt. Weit über der Stadt, am Gipfel des Klerkers – dem höchsten der Heidhausen umgebenden Berge – saßen die Mönche in ihrem Kloster und lenkten die Geschicke der Bürger und Reisenden. Sie kümmerten sich auch um all jene, die ihr Wissen über die Stadt nach außen tragen wollten. Ihre Methoden waren grausam, aber effektiv. Nach seinem ersten und einzigen Deutschlandbesuch konnte Van Gogh den Namen Heidhausen nicht mehr hören. John F. Kennedys geplanter Ausspruch ‚Ich bin ein Heidhauser' führte am 22.11.1963 zu jener ekelig-verdreckten Präsidentenlimousine in Dallas. Und die immer häufiger auftretenden Entführungen durch Außerirdische… nun ja, die Serpentinermönche waren Meister der Verkleidung.

Eine weitere Besonderheit hatte die Stadt. Anders als im Rest der Welt ging die Sonne hier immer im Westen auf und wanderte von dort über Norden nach Osten, um dort unter zu gehen. Viele Wissenschaftler der ‚Außenwelt', wie die Bürger von Heidhausen den Rest der Welt nannten, hätten sich bei diesem Phänomen sicherlich die wenigen verbliebenen weißen Haare gerauft, doch eigentlich war das Ereignis nur natürlich. Die Sonne lief den lieben langen

---

* sss, schick nicht?

10

Tag von Ost nach West. Irgendwo musste sie doch aber auch wieder zurück kehren, nach Osten. Kein Mensch, vielleicht mit Ausnahme der mit Weisheit geschlagenen Serpentinermönche, wusste, warum sie sich gerade Heidhausen für ihren Rückweg ausgesucht hatte.

Doch trotz der Abgeschiedenheit und einem seit Jahrhunderten andauerndem Frieden hatte Heidhausen ein Problem: Tauben.

Und die sollten nicht das einzige bleiben...

1

»Auf Wiedersehen, Frau Mülpitz!«

Jacks Stimme ließ keines seiner wahren Gefühle mitklingen. Statt dessen war sie die perfekte Enkel-macht-seine-Oma-glücklich-Stimme. Durch jahrelange Übung geschult und schließlich bis zur Meisterhaftigkeit getrieben.

»Oh ja, sicher.« Er schüttelte ihre Hand. Sie war feucht und schwammig. »Und nochmals vielen Dank.« Sie drehte sich zum Gehen.

»Es würde mich freuen, bald wieder von ihnen zu hören«. Doch da war sie auch schon durch die Glastür seines Büros gerauscht.

Verreck doch, alte Kuh.

Jacks voller Name war Jack Boldewig. Doch jeder kannte ihn unter seinem Vornamen. Er war Anfang vierzig, doch sein Haar zeigte noch keine grauen Stellen, wie das bei vielen seiner Altersgenossen der Fall war. Es war kurz geschnitten. Er trug keinen Bart.

Vielleicht war seine ruhige Persönlichkeit für die weiterhin vollständige Braunfärbung seiner Haare zuständig. Eigentlich konnte ihn nichts wirklich zur Raserei bringen. Die Hawaiihemden, die er ständig trug, unterstützten diesen Charakterzug vortrefflich. Eigentlich würde er sie gerne auf der nackten Haut tragen, zumindest im Sommer. Doch er hatte im Laufe der Jahre einen nicht zu übersehenen Bauch angesetzt, den er nun unter hellen T-Shirts zu verdecken suchte.

Der schwarze Ledersessel, gab ein knatschendes Geräusch von sich, als er sich darin zurücklehnte. Er mochte diese Augenblicke, kurz nachdem er einen Auftrag erfolgreich abgeschlossen hatte und sich endlich mal wieder eine kleine Pause gönnen konnte. Zufrieden wippte er in seinem Komfort-Sessel und schaute Frau Mülpitz nach. Sie schob sich langsam durch den vor seinem Büro gelegenen Empfangsraum, kam schwerfällig am Aufzug zum Stehen und legte, während sie auf selbigen wartete, erst einmal eine Verschnaufpause ein.

Frau Mülpitz war nicht mehr die Jüngste. Man könnte sagen, sie war eine ältere Dame mittleren Alters. Das heißt, sie sah älter aus - und benahm sich auch so - als sie eigentlich war. Ihr Körperbau entsprach in groben Zügen denen einer Tonne oder noch zutreffender einem dieser Plastik-Fässer. Etwas nach außen gewölbt, zur Aufbewahrung giftiger Chemikalien genutzt, die sie von Zeit zu Zeit versprühte. Und ihre Bewegung ließ sich sehr schön an einem solchen Fass veranschaulichen, wenn es zu lange in der Sonne gestanden hatte. Bei jedem Schritt schien es, als würde sie von ihrem eigenen Gewicht zusammengedrückt und sich langsam zähflüssig in eine Pfütze verwandeln. Doch jedes mal schaffte Frau Mülpitz es, sich auf halben Wege aufzufangen und in einem rückwärts gerichteten Schmelzprozess wieder in das ursprüngliche, wabernde Gebilde zurückzuverwandeln.

Frau Mülpitz war Witwe, wie alle Damen ihrer Art. Jack erinnerte sich, dass vor Jahren einmal Untersuchungen darüber angestellt worden waren, ob diese Art Frauen besonders mordlüstern und berechnend waren. Das Ergebnis besagte zwar, das dies der Fall sei, doch die im einzelnen betrachteten Todesfälle der jeweiligen Gatten zeigten nur einen erhöhten Prozentsatz an Selbstmorden.

Jack drehte sich mit seinem Stuhl zum Fenster hinter ihm. Es reichte bis zum Fußboden und bot einen wunderbaren Überblick über Heidhausen. Genau genommen nur über einen Teil der Stadt, das Senilenviertel.

Dieses Viertel, in dem die körperlich oder geistig Alten aus Heidhausen eine in sich geschlossene Gemeinschaft gebildet hatten, bestand im großen und ganzen aus nur zwei Straßen. Sie liefen an ihrem westlichen Ende direkt vor dem Hogul-Tower, dem riesigen Bürogebäude, in dem Jack gerade saß, zusammen. Die nördliche von ihnen, Opulenallee genannt, verlief zunächst parallel zur Vorsinfel-Straße, schwenkte dann jedoch, wie von den heruntergekommenen Mietshäusern und Billig-Pensionen ihrer Partnerstraße abgestoßen, in Richtung Norden und verlor sich zwischen ausgedehnten Villen. Die Opulenallee bildete auch die nördliche Begrenzung des Dould-Parks[*] und beherbergte im Schatten des Stahl gewordenen Traums eines sich als bedeutenden Künstler verstehenden Star-Architekten viele exquisite Geschäfte für Schmuck, Bekleidung (in Extragrößen) und andere Dinge, die reiche gelangweilte Witwen zum Leben brauchen.

Doch der Schatten des Hogul-Towers fiel nur morgens in diese Straße. Im Laufe des Tages wanderte er im Uhrzeigersinn die Vorsinfel-Straße entlang, nachdem er gegen elf Uhr dem Dould-Park das Sonnenlicht frei gab. Dort saßen meist die ärmeren Alten in billigen Cafés oder auf Parkbänken, in mehreren Lagen Second-Hand Wäsche gewickelt, die sie in den unzähligen Läden dieser Art entlang des vorderen Teils der Vorsinfel-Straße kaufen konnten, und froren im Schatten. Die reichen Witwen und die wenigen überlebenden vermögenden Greise saßen derweil in ihren gut besonnten Straßencafés in ihrer Straße, lästerten untereinander und würdigten ihre mittellosen Altersgenossen keines Blickes.

---

[*] Benannt nach Edward C. Doveld. Erster Bürgermeister von Heidhausen. Er war ein begnadeter Landschaftsarchitekt, hatte allerdings gewisse Probleme mit der Rechtschreibung.

Von dort unten kam der Großteil von Jacks Kundschaft. Und obwohl Jack es hasste, für diese Personen zu arbeiten, brachten sie doch gutes Geld ein. Ihre einzige Beschäftigung schienen Kaffeekränzchen und Kaffeeklatsch mit ihresgleichen zu sein. Dabei betrachteten sie einander meist mit Misstrauen und schienen sich nur zu treffen, um die anderen im Auge zu haben. Da es hier in Heidhausen, wie gesagt, eine Menge solcher Damen gab, konnten sie sich nicht alle auf einmal treffen und so schaltete man private Ermittler ein, um das eine oder andere herauszufinden und wieder neues Gift verspritzen zu können.

Frau Mülpitz war nun wieder randvoll.

Jack drehte leicht den Kopf, sah jedoch ihren fettleibigen Körper noch immer vor dem Aufzug schnaufen. Er blickte wieder aus dem Fenster und rutschte dabei etwas im Sessel nach unten. Den Großteil seiner Schulzeit hatte er in dieser Haltung verbracht.

Jack dachte noch einmal über den zurückliegenden Auftrag nach. Auf Dauer wurden Beschattungen von fettleibigen Damen langweilig. Es war zu einfach. Sie bemerkten Verfolger nicht einmal, wenn sie sich nur einen Meter hinter ihnen befanden. Und wenn sie durch Zufall doch einmal einen entdeckten, dachten sie, es wäre ein Verehrer, der sich von der perversen Mischung von Eau de Toilette, Kölnischwasser und diversen anderen Duftstoffen angezogen fühlte.

Jack hasste solche Momente.

Und alle kamen sie zu ihm. Eigentlich sollte er froh sein über diese Nachfrage, doch irgendwie hatte er sich den Job anders vorgestellt. Wilde Verfolgungsjagden, Schießereien, und dunkle Spelunken. Doch statt dessen bekam er Busfahrten, Park-Spaziergänge und Caféhäuser, aber keinen Waffenschein.

Jack wurde durch das Geräusch des ankommenden Aufzuges aus seinen Gedanken gerissen. *Frau Mülpitz hatten es mal wieder nicht nötig, die Tür hinter sich zu schließen, was?* Jack erhob sich langsam und schlurfte um den Schreibtisch herum. Zumindest würde sie nun aus seinem Blickfeld verschwinden. Als der unmissverständliche Gong ertönte und sich die Aufzugtür öffnete, wagte er kaum aufzuatmen. Zurecht, wie sich einen Augenblick später herausstellen sollte. Jack stieß die kaum eingeatmete Luft mit einem pfeifenden Geräusch wieder aus, und mit ihr entwichen auch all seine Hoffnungen auf einen endlich einmal interessanten Fall. Aus dem Aufzug schob sich träge eine seiner Stammkundinnen, Frau Mulpick. In ihrem Arm trug sie Fifi, einen dieser verwöhnten kleinen Kläffer, die Gott den reichen und scheinreichen Witwen gegeben hatte, um einen Grund zu haben, sie nicht in den Himmel zu lassen. Diese Hunde schienen ein sehr schlechtes Gehör zu haben. Das war die einzige Erklärung, die sich Jack denken konnte, warum sie alle ausnahmslos auf den Namen Fifi hörten. Fifie Fify und Fiefih waren unbedeutende Abwandlungen, vermutlich Gehörschäden. Dieses ganze Fi-Vieh nervte Jack ungemein, doch es brachte ihm auch einen nicht unbedeutenden Teil seiner Einnahmen ein. So war es Frau Mulpicks letzter Auftrag gewesen, ihren entlaufenen Köter wiederzufinden. Seine Hände schmerzten jetzt noch von den Bisss(!)puren. Er hatte kurzzeitig mit dem Gedanken gespielt, das Miststück zu überfahren, ihn dann jedoch aufgegeben, da ihm unter solchen Umständen sicher keine Gefahrenzulage gezahlt worden wäre. Hätte er aber gewusst, dass der Hund allergisch gegen seine Büroatmosphäre war, hätte er auch auf das Geld verzichten können, da alles für die Reinigung der vollgekotzten Teppiche drauf gegangen war. Noch jetzt vermied er es, sich mit seiner Nase auf mehr als einen halben Meter dem Boden anzunähern, obwohl der Geruch des Parfüms, mit denen die Damen ihre natürlichen Körpergerüche zu überdecken versuchten, dem Gestank in Bodennähe in nichts nachstanden.

Frau Mulpick verließ den Aufzug, wechselte einen kurzen abschätzenden Blick mit Frau Mülpitz und schritt dann, mit demonstrativer Nichtbeachtung der anderen, zielstrebig auf Jacks Büro zu. Man konnte praktisch mit ansehen, wie die beiden sich eine geistige Notiz von diesem Treffen machten, mit der sie im Stande wären, wieder einmal diverse Gerüchte zu verbreiten. Jack konnte es nur recht sein. Es war besser als ein spontanes Kaffeekränzchen auf seinem Flur, und diese Gerüchte verbreiteten seinen Namen. Es war kostenlose Werbung. Nur leider innerhalb dieser Kreise. *Bekomme ich denn nie richtige Aufträge?*

Saldra, die Sekretärin, sah gar nicht erst auf, als Frau Mulpick an ihr vorbei schwankte. Sie hatte schon vor langer Zeit gelernt, dass man diesen Frauen lieber nicht in den Weg treten sollte. Im besten Falle würden sie sich mit einer Bemerkung wie: »Kindchen, ich muss zu Jack. Es ist wichtig. Aber davon verstehst du nichts, Kleines.« Und im schlimmsten Fall... naja, eine absichtlich herbeigeführte Kollision mit einer halben Tonne Fett, Körperflüssigkeit und Duftstoffen war das schlimmste, an das Saldra sich *erinnerte*. Also blieb sie sitzen und tat das Einzige, was ihr überhaupt noch als Aufgabe in dieser Agentur geblieben war: sie wartete auf den bisher noch nie eingetretenen Fall, dass einer der Klienten ausnahmsweise einmal seinen Besuch vorher ankündigte. Würde sich nicht ab und zu einmal jemand verwählen, dann würde Saldra nicht einmal wissen, welchen Ton das Telefon im Falle eines Anrufes von sich gab.

»Schön, sie mal wieder zu sehen, Frau Mulpick!«

Jack ließ seine Standard Begrüßung abspielen und lächelte freundlich. Er trat auf sie zu, obwohl alle seine Instinkte ihm akute Gefahr signalisierten und ihm nahe legten, die Beine in die Hand zu nehmen und sich davon zu machen.

»Die Freude ist ganz auf meiner Seite.«

»Kommen sie, setzen sie sich!« Jack bot ihr einen der beiden extragroßen Stühle an, die vor seinem Schreibtisch standen. Er verzichtete jedoch darauf, ihr seine Hand anzubieten. Sie hätte es als Beleidigung angesehen.

Ohne ein Wort ließ sie sich in den Stuhl fallen – den anderen. Sie setzte Fifi in den ihr angebotenen Stuhl und der Zwerghund begann mit seiner kleinen Rotznase zu schnuppern. Sein Oberkörper zog sich rhythmisch zusammen. *Nein, nicht schon wieder!* Doch Jacks Teppich kam dieses Mal mit dem Schrecken davon. Fifi rollte sich zusammen und gab nur noch ein paar würgende Laute von sich. Dann war er ruhig.

»So, Frau Mulpick. Was liegt ihnen denn auf dem Herzen?«

»Erst einmal: Sagte ich ihnen nicht, dass diese Möbel schädlich für meinen kleinen Fifi sind? Doch, doch, ich bin mir sicher, es gesagt zu haben.«

»Haben sie vielen Dank für diesen Rat, doch leider wird der Austausch noch einige Zeit beanspruchen. Sie wissen ja, dass ich solche Entscheidungen nur zusammen mit meinem Partner treffen kann.

Doch das ist sicher nicht der Grund für ihren Besuch, nicht wahr?«

Mal sehen wie sie darauf eingeht…

»Ich bin mir sicher, ihr Partner hat mehr Verständnis für Kundenwünsche. Es ist doch eine Zumutung, dieses kleine, arme Geschöpf leiden zu sehen.«

Das kleine, arme, leidende Geschöpf streckte sich genüsslich auf dem Sessel aus, blieb dann auf dem Rücken liegen und begann leise zu schnarchen.

»Doch dies ist nicht der einzige Grund für mein Erscheinen. Trotz ihrer Dreistigkeit im Umgang mit Hunden habe ich beschlossen, ihnen noch eine Chance zu geben.« Sie beugte sich, soweit ihre Körperform dies zuließ, vor und sah Jack tief in die Augen. Eine Dunstwolke wallte dem

Detektiv entgegen. Instinktiv atmete er durch den Mund. Frau Mulpicks sonst so laute Stimme verwandelte sich beinahe in ein Flüstern: »Ich habe einen Auftrag für sie!«

»Das höre ich gerne.« *Wäre ich Pinoccio, dann würde ihr Kopf jetzt mit einem Holzpflock an die Wand genagelt sein. Eigentlich ein schöner Gedanke…*

»Ja, natürlich.« Ein verächtliches Schnauben. »Ich werde von vorne anfangen. Und hören sie gut zu. Ich wiederhole mich nicht.«

Und so begann sie. Sie sprach von ihrem verstorbenen Gatten und dem, was er ihr hinterlassen hatte, von verfallender Moral und ihren Essgewohnheiten. (Ihre Lieblingsspeise waren panierte Champignons auf Kaviar. Ursprünglich waren es Trüffel gewesen, doch dann hatte sie erfahren, dass diese von Schweinen gesucht wurden). All dies hatte Jack im Laufe der Jahre in dieser oder anderer Form bereits hundertmal gehört. Auch von Frau Mulpick. Vor allem von ihr.

Jack ließ seine Gedanken einmal mehr davon schweifen, zu einem Ort, an dem es schöner war als hier. Früher, als die Agentur noch jünger war, hatte er sich bemüht, allen Worten seiner Auftraggeber zu folgen. Doch inzwischen wusste er, dass sie am Ende ihrer weitschweifigen Ausführungen ohnehin der Meinung waren, er habe nicht zugehört, und so ließ er es gleich bleiben und wartete, in Gedanken versunken auf die abschließende, glücklicherweise zusammengefasste, Wiederholung des Gesagten. In Gedanken war er bereits in Sibirien, irgendwo in der eisigen Steppe, weit weg von Witwen, Hunden und seinen langweiligen Aufträgen. Er war gerade dabei, Reisig zu sammeln, um ein gemütliches Feuerchen zu entfachen, als der Wind ein in der Ferne gesprochenes Wort an sein Ohr trug – und dort fallen ließ. Jack konnte nur einen kurzen Blick darauf werfen, bevor der unaufhaltsame Schneefall es für immer unter sich begrub. Doch die Zeit reichte, um Jack in Entzücken ausbrechen zu lassen. Die beißende Kälte um ihn verschwand, die Bäume schienen aufzublühen... und vor ihm brach ein riesiger Grizzly durch das Unterholz, richtete sich auf und brüllte ihn an. Jack schrak zurück und der Bär verwandelte sich - oder besser: verwandelte sich *kaum* - in Frau Mulpick, die vor ihm stand und ihn anschrie. Ihr sonst so herablassender Ton hatte sich schlagartig in eine keifend-schrille Stimme verwandelt.

»Es war MORD!!!«

Mord? Richtiger Mord? Mit Leiche? Mit einer richtigen, toten Leiche? Und Fifi war noch dort, am Leben. Doch wer sollte dann gestorben sein? Wer war im Leben einer mit allem bedachten, aber dennoch verbitterten Witwe sonst noch wichtig?

»Frau Mulpick!« sprach Jack, sich um eine beruhigend klingende Stimme bemühend. Mit freundlichem Ton hatte er ja Erfahrung, doch dies war neu für ihn. »Ich bin sicher, es gibt eine andere Erklärung dafür.« Sein Standartspruch. Wann immer er eine dieser Damen dazu veranlassen wollte, ihm alles noch einmal zu erklären, musste er nur sagen, dass es eine andere Erklärung gab. Das war, als würde man einem Politiker offen ins Gesicht sagen, dass er lügt. Man hat damit im allgemeinen vollkommen Recht, doch der Angesprochene wird sofort in einen empörten Redefluss ausbrechen, alles noch einmal sagen und sich dabei, wenn man seinen Vorwurf nur aggressiv genug formuliert, in mehr Wiedersprüche verheddern als ein zum Geständnis Gefolterter, der zur Tatzeit nicht einmal gezeugt war.

Und der Trick funktionierte wieder. Zuerst wurde Frau Mulpicks Kopf rot, dann schien er sich aufzublähen und schließlich entwich der Überdruck durch ihren Mund. Jack hatte schon genügend Erfahrung mit dieser Methode, um den beim plötzlichem Sprechen mitgerissenen Speicheltröpfchen auszuweichen und gleichzeitig Frau Mulpicks Ausführungen zu folgen.

Der Lieblingskonditor von Frau Mulpick, Herbert Volke, war tot aufgefunden worden. Und wie das so in den Kreisen der älteren Dame üblich war, hatten sich Gerüchte darüber schneller als alles andere verbreitet. Auf dem Polizeipräsidium wurde bereits über Motive spekuliert. Es war die Rede von einem Anschlag der Mafia, andere meinten der Konditor habe eine Torte vergiftet und dann genascht. Wieder andere sprachen von einfachem, langweiligem, natürlichem Tod. Schließlich jedoch wurde die Polizei doch noch offiziell benachrichtigt. Vermutlich wäre sogar ein hilfesuchender Anruf des Konditors selbst erst nach dem Gerücht angekommen. Am Tatort, der Konditorei Volke, genau genommen in der Backstube, bot sich den Beamten ein Ort des Schreckens. Der ganze Raum war verdreckt. Überall lagen Mehl- und Teigreste, auf dem Boden, den Tischen, ja sogar auf der Schürze des Toten. Alle waren sich einig: es musste ein Ritualmord gewesen sein. Doch die eilig hinzugezogenen Experten versicherten, dass es sich um das normale Bild einer Konditorei-Backstube handelte. Und so wurde den Langeweilern wieder einmal recht gegeben. Natürlicher Tod! Auf eine Autopsie wurde mangels jeglicher Zeichen äußerer Einwirkungen verzichtet. Wem ein stumpfer Gegenstand auf den Kopf fiel, der hatte einfach Pech gehabt. Der Konditor hätte das Brecheisen ja nicht ganz oben auf das Regal zu legen brauchen, wenn er die Hintertür mit dem Schlüssel aus seiner Tasche aufgeschlossen hätte, anstatt sie aufzubrechen.

Jack traf kurz nachdem die Polizei den Tatort offiziell schon verlassen hatte dort ein. Tatsächlich eiferten die meisten Beamten jedoch noch ihren amerikanischen Kollegen nach und sprachen in lockeren Grüppchen bei Kaffee (aus Kaffeetassen mit der Aufschrift: «Konditorei Volke, *abnehmen können sie immer noch*») und Doughnuts über das Geschehene. Jack erkannte einen seiner Freunde bei der

Polizei, René Dourand. René war eigentlich beim Rausch-giftdezernat. Jack schlenderte also betont zufällig auf ihn zu.

»Hey, René, was ist denn hier los?«

»Och, wir haben einen toten Konditor.«

»Aber du bist doch gar nicht für Mord zuständig. Oder ist der an 'ner Überdosis gestorben?«

»Nein, nein, hat nix mit Drogen zu tun. Die Kollegen wollten nur sichergehen. Da war so viel weißes Pulver, die dachten, das sei vielleicht in getarntes Drogenlabor. Viel-leicht ein Anschlag einer rivalisierenden Bande von Dea-lern. Aber das war ja nicht einmal Mord.«

Jack ließ die etwas frustriert dreinschauenden Polizisten stehen und machte sich auf, selbst den Tatort zu erkunden. Die Backstube sah ganz normal aus, bis auf die Tatsache, dass direkt neben der Tür, die in den Verkaufsbereich führ-te, ein toter Konditor auf dem Rücken lag, mit weit aufge-rissenen Augen und Mund. Als würde er schreien. Das Mehl auf dem Boden war um ihn herum gerötet und von den vielen Fußspuren, die die Polizisten bei der Spurensi-cherung hinterlassen hatten, aufgewirbelt. Gegenüber der Tür verlief eine hüfthohe Regalreihe, auf der oben eine lange metallene Fläche befestigt war. Auf dieser lagen di-verse Werkzeuge und Inhaltsstoffe zur Tortenzubereitung. Es roch nach Mehl und Zuckerguss, was Jacks Magen ver-anlasste ihn zornig anzuknurren. Er bekam, seit Jack seine Diät begonnen hatte, einfach nicht mehr genug zu essen. Eine halbleere[*] Kaffeetasse stand auf einem Haufen Mehl. Sie zierte der gleiche Slogan wie die Tassen der Polizisten.

---

[*] wenn sie Optimist sind entschuldigen sie bitte, aber dort ist ein Toter im Raum, dann ist es eigentlich auch in Ordnung halbleer zu sagen. Wenn sie jedoch statt von einem Toten von einem von der Welt Erlösten sprechen, dann sind sie unverbesserlich und können von mir aus auch halbvoll sagen

Auch Jack sah keinerlei Anzeichen dafür, dass der Konditor keines natürlichen Todes gestorben war, was auch nicht verwunderlich war, da er solch einen Fall noch nie zuvor bearbeitet hatte. Mehr aus Langeweile denn aus Interesse betrachtete er noch die Werkzeuge auf dem Tisch. Sie alle bedeckte eine leichte Mehlschicht, was für eine Backstube nicht weiter ungewöhnlich sein dürfte. Nur die Kaffeetasse schien seltsamerweise verschont worden zu sein.

Enttäuscht, doch keinen richtigen Fall bekommen zu haben, ging Jack wieder zu seinem Wagen, einem dieser amerikanischen Cabrios bei denen das Baujahr zum Namen gehört, und fuhr zurück in sein Büro.

Das Büro lag in einer der obersten Etagen des Hogul-Towers. Die Räumlichkeiten, die Jack mit seinem Partner Bob gemietet hatte, umfassten neben dem bereits bekannten Büroraum von Jack und dem großen Vorzimmer mit dem Aufzug und Saldras Schreibtisch noch einen weiteren, identischen Büroraum für Bob, eine Toilette und einen kleinen fensterlosen Raum für Karl, den Hacker der Agentur. Ursprünglich war der Raum nicht fensterlos gewesen, doch Karl wollte es so. Er sagte, es würde seine Kreativität erhöhen. Jack glaubte zwar, dass Karl nur ungestört, und vor allem unbeobachtet, diverse zwielichtige Internetseiten betrachten wollte, doch da er die Tür meist abgeschlossen hielt, konnte Jack ihm nichts nachweisen.

Oft blieb Karl tagelang in seinem Raum, ernährte sich ausschließlich aus der Mikrowelle und recherchiertet im Internet. Was genau, wusste niemand. Doch irgendwelche Aufträge schien er immer zu haben.

Saldra kümmerte sich auch um die Post. Sie sortierte sie, genau genommen. Rechnungen kamen in das rechte Fach, Werbung in das linke. Die Agentur wurde regelrecht davon überschwämmt. Von Beidem. Und keines davon war eine Freude. Aber es war eine einfache Arbeit und sie machte Saldra Spaß. Doch heute gab es eine Ausnahme. Es war ein Brief dabei, weder Rechnung, noch Werbung. Sie betrachtete ihn einige Zeit, fuhr sich dann mit einer Hand durchs Haar und trommelte mit der anderen auf die Schreibtischkante. Zögernd legte sie ihn beiseite und sortierte erst mal zuende. Ihr Blick fiel wieder auf den Umschlag. Was sollte sie tun? Sie ging zu Karls Tür und klopfte. Als sich nichts rührte, versuchte sie die Tür zu öffnen, doch sie war mal wieder abgeschlossen. Dann entschied sie, dass es am besten war, das Problem an Jack weiterzugeben. Erleichtert, eine Entscheidung getroffen zu haben, wartete sie darauf, dass Jack zurück kam.

Jack hätte sich gerne mit Bob beraten, da dieser mehr Erfahrung bei richtigen Aufträgen hatte. Doch leider bearbeitete Bob schon seit längerer Zeit einen äußerst brisanten Fall. Eine der Witwen, die nicht nur zum Schein reich war, hatte einen Koffer mit 5 Millionen Euro verloren, den Bob nun wiederbeschaffen sollte. In seiner letzten Mitteilung, die die Agentur vor etwa zwei Wochen erreicht hatte, war er auch noch ganz zuversichtlich gewesen. Er sprach davon, dass er wüsste, wo der Koffer sei, und dass er ihn am nächsten Tag holen würde. Und dann plötzlich hatten sie nichts mehr von ihm gehört. Bis jetzt!

Als Jack aus dem Aufzug trat, sprang Saldra ihm entgegen, einen reichlich zerknitterten Brief in ihren Händen, ohne ein Wort heraus zu bringen. Dann setzte sie sich wieder hinter ihren Schreibtisch.

Jack öffnete den Umschlag, ohne weiter auf ihn zu achten. Einem erfahrenen Privaten Ermittler wäre sicher gleich aufgefallen, dass die Briefmarke brasilianischer Herkunft war und bei näherer Betrachtung wäre sicher auch aufgefallen, dass der Poststempel von Buenos Aires auf ihr prangte, doch wie sie bereits festgestellt haben dürften, war Jack alles andere als erfahren.

Jack öffnete also den Brief und las die darin enthaltene Nachricht. Diese lautete:

MACHT EUCH KEINE SORGEN, ICH BIN AN DEM FALL DRAN.

DAS GELD IST GANZ IN DER NÄHE.

ICH WERDE MICH WIEDER MELDEN, WENN ES PROBLEME GIBT.

SAGT BITTE NIEMANDEM, DASS ICH HIER BIN, ES KÖNNTE MEINE TARNUNG GEFÄHRDEN.

BOB

Erleichtert, wieder von seinem Partner gehört zu haben, legte Jack den Brief zu den anderen von Bobs Nachrichten. Daraufhin rief er die Auftraggeberin an. Es meldete sich eine seltsam jung klingende Stimme unter ihrem Namen. Diese teilte ihm mit, dass ihre Mutter vor zwei Monaten verstorben sei. Nachdem Jack ihr alle Einzelheiten des Auftrages, den seine Agentur von ihrer Mutter erhalten hatte, mitgeteilt hatte, erklärte sie sich bereit, den Auftrag zu übernehmen und freute sich, dass Fortschritte gemeldet worden waren.

[…] Wussten Sie, dass Kaffeetassen sprechen können? Wenn nicht, dann sind Sie nicht alleine. Heutzutage glaubt kaum noch jemand daran. (Früher haben die Leute noch an ganz andere Dinge geglaubt, da kann man sprechende Kaffeetassen auch mit dazu nehmen.)

Genaugenommen können eigentlich alle Trinkgefäße sprechen, doch Kaffeetassen gehören zu den gebildetesten unter ihnen, zumindest was die Allgemeinbildung und das Weltgeschehen angeht. Regelmäßig lesen sie die Zeitung mit, hören Radio und sehen Fern. Die andere zur Familie der intellektuellen Gefäße gehörende Gruppe sind die Weingläser, insbesondere die Rotweingläser. Diese beschäftigen sich jedoch kaum mit weltlichen Dingen, sondern sind vielmehr die philosophische Elite. Aus Gründen ihrer philosophischen Überzeugung lehnen diese es jedoch ab, mit Menschen zu sprechen. Kaffeetassen jedoch sind gerne bereit, Auskünfte über das Wetter, die politische Lage, oder auch das im näheren Umkreis Geschehene zu geben. Doch Jahrzehnte der Ignoranz und des Desinteresses haben dazu geführt, dass sie sich nicht mehr freiwillig zu Wort melden. Sie bestehen darauf, dass man sie fragt. Wer sie nicht fragt, wird nie eine Antwort erhalten. Probieren Sie es aus, wenn sie mir nicht glauben. Setzen Sie sich vor eine Kaffeetasse und schweigen Sie sie an. Im Gegensatz zu den meisten Menschen wird die Tasse keine Anstalten machen, das Schweigen zu brechen. Und vermutlich wird sie auch nichts sagen, wenn Sie die Tasse schließlich doch fragen, da die meisten Tassen inzwischen eine große Abscheu gegen Menschen entwickelt haben. […]

- Volker Herb, »Tassenforschung«

2

Am nächsten Tag besuchte Jack einige seiner Informanten, um Frau Mulpick bei der Stange zu halten. Möglicherweise war der Konditor eines natürlichen Todes gestorben. Aber das musste man einer gut zahlenden Kundin ja nicht auf die Nase binden. Und Jack war sich nun doch nicht mehr ganz so sicher. Irgendwas war da nicht richtig. Die Polizei hatte zu schnell aufgegeben.

Nachdem Jack kurz im Büro vorbei geschaut hatte, um die Todesanzeigen durchzugehen, für den Fall, dass einer seiner Informanten gestorben waren, beschloss er, den kurzen Weg zu Fuß zu gehen. Der Park lag morgens zwar immer im Schatten des Hogul-Towers, doch er war dennoch ein schöner Anblick. Immer wenn Jack einen stressigen Tag vergessen wollte, spazierte er auf den großzügig angelegten Wegen, beobachtete die auf den zahlreichen Bänken sitzenden Alten und die Scharen von Tauben und Enten, die sich zu ihren Füßen versammelten. Dieser friedliche Anblick beruhigte ihn immer wieder und zeigte ihm, dass alte Menschen nicht nur Streit und Klatsch im Kopf hatten. Im Park stritt sich niemand. Die Vögel hatten alle genug zu fressen und die Alten fanden immer Vögel, die sich von ihnen füttern lassen wollten, ohne anderen welche wegnehmen zu müssen.

Als Jack dieses mal durch die großen Glastüren des Hogul-Towers in den strahlenden Schatten trat und zum weitläufigen Park hinüber blickte, konnte er schon das morgendliche Gezwitscher hören. Bald würden die Alten in Scharen aus ihren Heimen und Pensionen kommen und sich in den Park ergießen. Doch noch gehörte der Park den Vögeln alleine.

Nach einem kurzen Fußweg über den halbkreißförmigen Vorplatz des Hogul-Towers, vorbei an der in dessen Mitte platzierten Reiterstatue von Bakour, dem Barbarenschlächter, betrat Jack den Park.

Barkour hatte die Stadt im dunklen Mittelalter gegen die aus Westen herüberziehenden Barbaren verteidigt. An dem Tag, als die Barbaren schließlich die Stadt überrennen wollten und von Barkour zurückgeschlagen wurden, hatte er sein Leben gelassen. Das Bildnis zeigte ihn kurz vor seinem Tod, mit einer Schweinskeule in der rechten Hand deutete er gen Westen. Der linke Arm, der in der Schlacht verletzt worden war, presste eine Scheibe Brot an seine stolzgeschwellte Brust. Kurz darauf hatte er seine Zähne in das zarte Fleisch der besagten Keule geschlagen und sich an dem viel zu großen Bissen verschluckt. Würgend war er vom Pferd gefallen und unter die Hufe geraten. Aus der Siegesfeier war so ein Leichenschmaus geworden. Doch in der Statue war sein furchtloser Blick auf die riesige Haxe für die Ewigkeit festgehalten.

Im Anschluss an diese Tragödie war der Serpentinerorden ins Leben gerufen worden. Mönche, so die Überzeugung der Gründer, würden sich auch nach einem solchen Sieg nicht zu maßlos ausschweifenden Festen hinreißen lassen. Seit damals patrouillierten die olivgrün gewandeten Mönche durch das Heidhausen umgebende Gebirge.

Jack durchquerte den Park zügig, um nicht zwischen die heranströmenden Alten und die ihnen entgegeneilenden Vögel zu geraten. Er überlegte kurz, wen er zuerst aufsuchen sollte. Der alte Jimmy würde sicher noch seinen Rausch ausschlafen. Jack konnte frühestens nachmittags damit rechnen, ihn im Pub zu treffen. Vielleicht Paul? Doch der fütterte sicherlich gerade seine Lieblingsvögel. Da durfte man ihn nicht stören. Wer blieb dann noch? Kurt war vor zwei Monaten gestorben, Holly lag seit mehreren Wochen im Krankenhaus. Sein Alzheimer hatte sich verschlimmert. Wer war ihm denn noch nützlich? Emma vielleicht. Trotz ihres hohen Alters arbeitete sie noch in ihrer Bücherei, die dem Park direkt gegenüber an der einzigen Verbindungsstraße zwischen der Opulenallee und der Vorsinfel-Straße lag. Sie müsste eigentlich am ehesten etwas wissen.

Nach einem kurzen Blick auf den Schattenstand des Hogul-Towers, der sich gerade aus dem erwachten Park verabschiedete, wusste Jack, dass es kurz vor Elf war. Ein paar Tauben tapsten verschlafen über die Wiesen. Seitdem das Gebäude ihre Nacht verlängert hatte, kamen viele von ihnen einfach nicht mehr auf die Beine.

Jack schlenderte langsam die Vorsinfel-Straße auf der Parkseite entlang, betrachtete die Massen von alten Menschen, die ihm mit prall gefüllten Plastiktüten entgegen kamen. Schließlich überquerte er die Verbindungsstraße und stand vor Emmas Laden. Da Frau Mulpick ihn nach Stunden bezahlte, betrachtete er zunächst ausgiebig das Schaufenster. Dann trat er ein.

Die Tür fiel mit einem Klingeln ins Schloss. Jack sog den Geruch der Bücher ein. Er mochte Emmas kleinen Laden. So sollten Buchhandlungen aussehen. Klein, enggepackt und vor allem mit einer gutmütigen, gesprächigen Inhaberin.

Von dieser fehlte jedoch gewöhnlich jede Spur.

Jack ging an den hohen Regalen entlang. Seine Schritte auf dem Parkettboden klangen in der Stille besonders laut. Er betrachtete, eher aus Langeweile denn aus Interesse, einige der Titel. Es handelte sich vor allem um literarische Werke und Gedichtbände. Viele von Emmas Kunden schienen etwas auf sich zu halten. Doch Jack wusste Bescheid. Er trat an die hölzerne Verkaufstheke, die bis auf einen kleinen Schlitz mit Büchern zugestapelt war. Die Bücher am Rande dieses Spalts näherten sich nach oben hin immer weiter an und trafen dann, gut dreißig Zentimeter oberhalb der Holzplatte, zusammen. Darüber stapelten sich die Bücher bis zur Decke.

»Ah, du bist es Jack.«

Die plötzliche Unterbrechung der Stille ließ Lack zusammenzucken.

»Oh, entschuldige bitte, wenn ich dich erschreckt habe.«, sprach die körperlose Stimme von jenseits des Bücherwalls weiter. »Wie kann ich dir heute helfen?«

Jack kannte Emma schon lange genug, um zu wissen, dass er nicht sofort auf den Punkt kommen durfte. Informationen gab es schließlich nicht umsonst.

»Ist das neue Perry-Rhodan-Heft da?«

»Also das ist ja…«, brach es hinter der papierenen Mauer hervor. Jack hatte für einen Augenblick Sorgen, dass die Bücherwand über ihm zusammenstürzen könnte. »Siehst du nicht, dass dies ein anspruchsvoller Laden ist. Ich verkaufe hier nur anständige Literatur an anständige Leute.«

»Aber Emma. Ich habe doch bisher auch immer…«

»Still. Was sollen denn die Leute denken. Ja, ja. Komm näher an den Schlitz. So ist's gut.«

»Also, was ist nun?«, flüsterte Jack ein wenig eingeschüchtert.

»Ich habe die Ware. Aber lass dich nicht erwischen.« Bei diesen Worten wurde eine braune Papiertüte durch die Lücke in den Büchern geschoben. Jack nahm sie und ließ sie in seinem himmelblauen Hawaiihemd verschwinden. Anschließend reichte er das Geld durch den Schlitz.

»Da wäre… ehm; Da wäre noch etwas.«

»Was denn noch? Die Ausgabe von letztem Monat hast du schon.«

»Darum geht es nicht. Ich brauche etwas Gewürz, um meine Arbeit aufzupeppen.«

»Achso. Nun, mal schauen, was ich hier noch so herum liegen habe. Welche Geschmacksrichtung soll es denn haben?«

»Es geht um etwas von der Süßen Sorte. Herbert Volke.«

»Hm, noch nie von ihm gehört. Aber ich habe hier ein schönes Buch von einem gewissen Volker Herb…«

»Was soll es kosten?«

»Ist ein Restposten. Sagen wir mal – 15 Märker*.«

»Ist gut.« Jacks Hand schob das Geld hinüber und kam mit einem vergilbtem Staubfänger wieder heraus.

»Da fällt mir was ein.«, ließ sich Emmas Stimme wieder vernehmen. »Dieser Herbert Volke war doch der Konditor von der Opulenallee. Der hatte dort so ein Geschäft. Konditorei Volke, wenn ich mich recht entsinne.«

»Ja, genau. Und er ist gestern gestorben.«

»Tatsächlich? Nein, also Sachen passieren. Das wird dich sicher interessieren: ‚Backen leicht gemacht. Wie sie schnell und einfach ihre eigenen Tortenkreationen schaffen.‘ Ist etwas nass geworden. Darum nur einmalige 25 Märker.«

»Also Emma, ich weiß nicht so recht. Was ich wissen will, steht bestimmt nicht in solch einem Buch. Außerdem habe ich nicht so viel Geld dabei.«

»Tja, also dann nicht. Du weißt ja, das Leben ist gefährlich. Diese ganzen Süßigkeiten und dieses fettige Zeugs. Ganz zu schweigen von all den anderen Gefahren. Ach, ich möchte gar nicht darüber reden, sonst bringt es mich noch um.«

»Ist ja schon gut, Emma. Ich kaufe es, wenn es doch so wichtig ist.«

»Gut. Wie gesagt, 27 Märker.«

»Aber eben waren es doch noch 25.«

»Tja, die Inflation kommt schneller als man denkt.«

Wiederwillig griff Jack abermals in sein Portemonnaie und zahlte. Er erhielt ein Buch, dessen Wellen einem Surfer gefallen hätte.

---

* Sie meinte Euro. Aber was sollte sie sagen? Eüroer?

»Dieser Herbert Volke war schon ein komischer Kauz. Sein größtes Problem war die Müdigkeit. Niemand weiß so genau, warum er eigentlich Konditor geworden ist. Er hatte immer Probleme, wach zu bleiben. Muss etwas mit seiner Allergie zu tun gehabt haben.

Da fällt mir ein, es gibt hier ein nettes Büchlein über Allergien. Du bekommst es für nur 12 Märker. Ist ein Sonderangebot, weil es mir mal runtergefallen ist.«

Das Buch tauchte in Spalt auf, verharrte dort für einen Moment und fiel dann vor der Theke zu Boden. Jack bückte sich, hob es auf und schob wieder einmal Geld durch den Schlitz.

»Dieser Volke hatte eine schlimme Allergie gegen Kaffee. Er bekam schon Ausschlag, wenn er ihn nur sah. Darum gab es dort auch nie Kaffeetorten oder so was. Kaffee hatte in seiner Backstube nichts zu suchen. Für den Verkauf hatte er eine eigene Angestellte. Verena Somby heißt sie. Nach dem Mord an ihrem Chef wird sie wohl fürs erste die Konditorei betreiben.«

»Du meinst es war Mord? Aber die Polizei hat gesagt, es sei ein Unfall gewesen. Außerdem, wer sollte denn einen Konditor umbringen wollen?«

»Nun, das ist eine schwere Frage. Beinahe so schwer wie ‚Das zwanzig Bändige Lexikon des Verbrechen'. Eine wahre Prachtausgabe. Leider fehlen Band Vier und Neunzehn. Darum nur 260 statt 300 Märker.«

»Nein Emma, das geht jetzt wirklich zu weit.«

»Wie du meinst. Obwohl es dir wirklich weiterhelfen könnte.«

Jack fuhr sich resignierend durch sein braunes Haar und blickte sich nach einem Ausweg suchend in dem kleinen Raum um.

»Nimmst du auch Schecks an?«, fragte er schließlich die Bücherwand.

»Ja, kein Problem.«

Nachdem Jack die zwölf Pfund geballter Verbrechen bezahlt und einzeln durch den Schlitz entgegengenommen hatte, erklang die immaterielle Stimme erneut.

»Gratuliere. Damit bist du im Besitz einer der ausführlichsten Sammlungen an Verbrechen, die es für Geld zu kaufen gibt.

Da sie nicht tagesaktuell ist, werde ich dich über den Fall Herbert Volke persönlich unterrichten.

Das Brecheisen, dass Volkes Schädel einschlug, war nicht sein eigenes. Er hat es auch nicht gebraucht, um die Hintertür aufzubrechen. Volke parkte jeden Morgen *vor* seiner Konditorei und ging durch den Verkaufsraum. Darum musste diese Somby jeden Abend den Kaffee in einen Sicherheitsschrank stellen und gründlich durchlüften. Der Hintereingang wurde nie benutzt.«

»Ja, aber wer wollte ihn denn umbringen? Und warum?«

»Nun, Jack. Du kannst dir sicher vorstellen, wie viele Feinde ein Konditor haben kann. Sehr wenige. Am besten ist es wohl, wenn du diese Verena Somby mal befragst.«

»Na schön. Und wo finde ich die?« Sein Blick ruhte auf dem Stapel seiner Bücher, den er sorgfältig vor seinen Füßen aufgetürmt hatte. Er schwankte gefährlich auf den Wellen der Tortenkreationen.

»Ich würde vorschlagen, du schaust ins Telefonbuch.«

Verärgert zückte Jack sein Portemonnaie noch einmal.

»Und was soll *das* nun wieder kosten?«

»Was? Du hast kein Telefonbuch?«

»Doch, sicher.«

»Na, dann schau doch dort nach. Niemand braucht schließlich zwei davon.«

»Ja«, möglichst geräuschlos versuchte Jack sein Portemonnaie zurück zu stecken, »das stimmt.«

»Ach, wo du schon dein Portemonnaie zur Hand hast. Bräuchtest du vielleicht einen Beutel für die Bücher?«

»Nein danke, ich glaube ich habe mehr als genug ausgegeben.«

»Na schön, wie du meinst.«, die Stimme klang enttäuscht.

Jack wandte sich zum Gehen.

»Halt, warte. Vergiss die Bücher nicht. Willst du auch noch eine Quittung?«

Das hatte er ganz vergessen. Er konnte sich das Geld schließlich von seiner Auftraggeberin wiederholen.

»Ja, eine Quittung wäre gut. Auf ‚Recherchematerial', bitte.«

»Also wie immer.«

Nach einem kurzen Kritzeln wurde der Zettel durch den Schlitz gereicht. Es war eine Quittung über 314 Euro.

»Also du hättest das Heft ja wenigstens auch noch dazu nehmen können.«

»Nein, das wäre nicht richtig gewesen. So, jetzt mache ich Mittagspause. Komm doch wieder mal vorbei.«

Jack machte eine bestätigende Geste und wandte sich zur Tür.

»Und vergiss die Bücher nicht.«, konnte er aus einiger Entfernung hinter dem Bücherwall hören.

Als Jack schließlich erschöpft von dem langen Gespräch mit einem Stapel Bücher in der Hand – ein Beutel wäre doch recht praktisch gewesen – das Geschäft verließ, stand der Schatten bereits über Jean's Bistro. Ein klares Zeichen dafür, dass es Zeit für ein Mittagessen war. Außerdem aß Paul meist bei Jean's. Sich fragend, wann er mal wieder eine wirklich vollwertige Mahlzeit zu sich nehmen würde, schleppte Jack seine Last hinüber. Von Paul fehlte jede Spur. Enttäuscht ließ Jack sich in einen der billigen Plastikstühle fallen, die vor dem Bistro um kleine Tische herum angeordnet waren. Die Bücher stapelte er auf dem Stuhl neben sich. Anschließend lehnte er sich in der unbequemen Schale aus rotem Kunststoff zurück und blickte nachdenklich zum Park hinüber. Er dachte über den Fall nach.

»Was wollen sie?«

Ja, eine gute Frage. Wer sollte einen so beliebten Konditor ermorden wollen. Aus welchem Grund. Ja, *was* wollten die.

»Vielleicht sollten sie erst einmal einen Blick in die Karte werfen.«

Die Karte? Warum war er nicht gleich darauf gekommen. Vielleicht lag die Konditorei irgend jemandem im Weg. Einem großen Kaufhaus oder so. Das kam doch im

Fernsehen auch andauernd vor. Jack musste das unbedingt überprüfen.

»Entschuldigen sie bitte! Ich werde später noch einmal wiederkommen.«

Jack lehnte sich entspannt zurück. Endlich hatte er eine Idee, eine Spur. Als nächstes würde er mit Frau Somby darüber reden. Doch erst mal brauchte er was zu essen. Zur Belohnung für diesen großartigen Einfall entschied er sich für ein doppeltes Baguette. Er schaute sich betont auffällig um. Wo blieb nur dieser Kellner? Sein Magen gab schon wieder aggressive Geräusche von sich und schien an seiner Halterung zu zerren.

Jean schickte einen speziell für die Bedienung Taubstummer ausgebildeten Kellner, der, nachdem Jack ihn hungrig angeschnauzt hatte, an ein plötzliches Wunder glaubte und sich den Serpentinermönchen anschloss. Jack bekam schließlich sein doppeltes Baguette mit Extrasoße, dass allerdings keineswegs so appetitlich aussah wie auf dem Bild in der Speisekarte. Paul kam nicht mehr. Mit leichten Sorgen um seinen alten Freund machte Jack sich anschließend auf den Weg zurück ins Büro.

Unterwegs traf er ihn dann doch noch.

Paul hatte früher einmal als Philosoph an der Universität von Heidhausen gelehrt. Jack war einer seiner Studenten gewesen. Schon immer detektivisch veranlagt hatte er sich auf die Suche nach dem Sinn des Lebens gemacht.

Vor zwanzig Jahren veröffentlichte Paul seine größte Arbeit: ‚Von den Menschen und der Bildung'. Er schrieb darin, dass die Menschheit ohnehin im Großen und Ganzen dumm und dämlich war, und dass man es nur zu etwas bringen konnte, wenn man sich dem anpasste. Er sagte auch, dass dies absolut falsch sei und dass jeder Mensch, wenn er nur wollte, intelligenter als der Großteil werden konnte, was wiederum das Richtige sei. Und das Ganze könne man ohne Anleitung schaffen. Diese machte Paul für die Verdummung verantwortlich. Nur wenn man sich etwas selbst beibringen kann, weiß man Bescheid. Da er sosehr von seiner Theorie überzeugt war, beschloss er, einen großen Dienst an der Menschheit zu tun und sein Lehramt nieder zu legen. Jack folgte seinem Beispiel und brach das Studium ab. Seitdem war Paul Frührentner und passionierter Demonstrant. Jack hatte seinen Traum wahr gemacht, sich selbst zum Detektiv ausgebildet, und mit Bob die Detektei eröffnet. Es suchte noch immer, aber nicht mehr nach dem Sinn des Lebens. Dennoch war Paul eine Art Mentor für Jack geblieben.

Jetzt hatte dieser sich mit seinen Freunden unter dem Barkourdenkmal versammelt. Einige von ihnen hielten Plakate in der Hand. Paul entrollte gerade ein Banner, dass er um den Sockel der Statue legte und dass die ursprüngliche Aufschrift: ‚Im Gedenken an Barkour, den Barbarenschlächter' durch folgende ersetzte: ‚Bürgermeister Duwood. Der Taubenschlächter!' Um die Schrift herum waren tote Tauben und zerbrochene Peace-Zeichen abgebildet. Die Plakate zierten ähnliche Sprüche.

Neugierig, wogegen Paul dieses mal wieder protestierte, ging Jack auf ihn zu.

Paul war eine hagere Gestalt. Doch bei den Unmengen an Brot, die er täglich an seine Tauben verfütterte, konnte auch kaum etwas für ihn übrig bleiben. Auf die schwarze Baskenmütze, die wie immer das lichte weiße Haar seines Kopfes bedeckte, hatte er eine Friedenstaube genäht. Nachdem Paul das Banner mit einer Schnur, die er aus einer der Taschen seines Parkers zog, befestigt hatte, blickte er sich kurz um. Es war der Blick eines leidenschaftlichen Demonstranten. Innerhalb von Sekundenbruchteilen stellte er fest, dass noch keine Polizisten in der Nähe waren. Dann schaute es zu seinem Freund Jack hinüber, der langsam mit einem Stapel Bücher in den Händen auf ihn zu schwankte. Paul winkte ihm mit seiner knorrigen Hand kurz zu, gab seinen Mitstreitern noch einige Anweisungen, und trat dann zu Jack.

»Salut, mon ami.«

Jack stellte bedächtig den Bücherstapel vor seine Füße.

»Hallo Paul. Was treibt ihr hier denn schon wieder?«

»Nun«, sprach Paul mit leicht französischem Akzent. Seine linke Hand zwirbelte seinen weißen Backenbart. »Du hast doch sicher schon von der angeblichen Taubenproblematik im Park gehört. War vor einigen Wochen ganz groß in der Zeitung.«

Jack erinnerte sich daran. Es hieß, dass der Tauben- und Entenbestand des Dould-Park durch Überfütterung über ein natürliches Maß hinaus gestiegen war. Es lebten derzeit etwa dreißig mal so viele Tiere dort, wie es in natürlicher Umgebung Nahrung gab. Und sie vermehrten sich immer mehr.

»Ja, ich erinnere mich daran. Doch was soll dieses Theater? Solltet ihr nicht einfach weniger Füttern?«

Bei diesem Satz rötete sich Pauls Kopf sosehr, das Jack Angst bekam, seine Mütze könne vom sich aufbauenden Druck weggeschleudert werden.

»Ist das wirklich deiné Meinung?«, sprach Paul mit bebender Stimme. »Weißt du was das bedeuten würdé?«

Jack, der nicht groß über den Satz nachgedacht hatte, blickte sich unruhig um.

»Nun, es… der Bestand, also… er würde sich… ehm, normalisieren. Ja. Es gäbe nicht mehr zu viele Vögel.«

»Du weißt es also. Und trotzdem traust du dich, so etwas zu mir zu sagen?« Sein Kopf war inzwischen beinahe purpurrot. »Und ich dachte wir wären Freunde.« Paul drehte sich um und ließ einen verwirrten Jack neben seinem Bücherturm zurück.

Während Jack im Aufzug ins Büro zurück fuhr, um dort die Bücher zu verstauen, dachte er über das soeben Erlebte nach. Er wusste zwei Dinge. Zum einen, dass dort gerade etwas verdammt schief gelaufen war. Und zum anderen, dass er nichts wusste (irgendwas blieb vom Studium immer hängen). Er wusste nicht, was er falsch gemacht hatte, und nicht, warum Paul so eine schlechte Stimmung hatte. Er kannte den alten Philosophen nur als einen immer freundlichen und gut gelaunten Mann. Selbst als er gegen die allgemeine Schulpflicht protestiert hatte, ein Thema, das ihm wirklich sehr am Herzen lag, war er nicht so aufgebracht gewesen.

Einen kleinen Gong später öffneten sich die Türen des Aufzugs und Jack betrat schwerbepackt sein Büro.

»Hallo Saldra. Irgendwas Neues?«, keuchte er vor Anstrengung.

Die junge Frau blickte von ihren Nägeln auf, die sie heute schon das dritte Mal feilte.

»Nein Chef.« Bei diesem Job musste sie sich bald künstliche Nägel kaufen oder sie würde sich die Fingerkuppen wund feilen.

»Und was ist mit Karl?«

»Er meinte, er sei mit der einen Sache fertig. Die andere würde allerdings noch eine Weile dauern.«

»Und was ist mit *der* Sache?«

»Was meinen sie? *Die* Sache? Also er hat was zur neuen Sache gesagt. Aber nicht zu *der*.«

»Und was sagte er?«

»Nun, er meinte, sie sei wie diese Sache, damals.«

»Die von früher?«

»Nein, die war noch davor. Er sprach von der, die später war.«

»Aber noch recht früh?«

»Ja.«

»Ich kann mich nicht erinnern. War das wie das eine? Wo er…«

»Nein, nicht so. Aber schon ähnlich. Ich würde es eher mit der einen Sache vergleichen.«

»Die von damals?«

»Nun, das auch. Aber ich meinte die von eben.«

»Ach so. Das.«

»Ich sage ihnen Bescheid, wenn er was über *die* Sache sagt.«

»Ja, tun sie das. Danke Saldra.«

»Freut mich, wenn ich mal was tun kann.«

Nach diesem Gespräch hätte Jack seine Begegnung mit Paul beinahe vergessen. Doch als er sich hinter seinen Schreibtisch setzte, sah er durch das Fenster hinaus. Die Sonne lugte bereits um die gegenüber liegende Kante des Hochhauses und das gesamte Viertel war sonnenbeschienen. Es musste bereits nach Vier sein. Sein Blick wurde von Barkours Denkmal unten auf dem Platz eingefangen. Oder vielleicht auch von der Menschentraube, die sich dort inzwischen versammelt hatte. Rentner strömten aus dem Park herüber, so schnell sie ihre Beine, Krücken oder Zivis trugen. Viele von ihnen würden erst in Stunden ankommen, das konnte Jack von oben recht gut abschätzen. Doch irgend eine Macht schien sie anzuziehen.

Das mulmige Gefühl, irgend etwas verpasst zu haben, breitete sich wieder in Jack aus. Doch zunächst einmal musste er die Bücher verstauen.

Er drehte sich auf *seinem* Chefsessel um, rotierte zweimal, weil es solch einen Spaß machte, und hielt sich dann an der Tischkante fest. Er schob den Bücherhaufen, den er achtlos auf den Schreibtisch geworfen hatte, beiseite. Unter ihm kam die Zeitung zum Vorschein. Die Seite mit den Todesanzeigen war noch aufgeschlagen. Ohne sich die

Stimmung nehmen zu lassen, schlug Jack sie zu. Da sah er
es. Auf der Titelseite:

BÜRGERMEISTER DUWOOD STELLT ÜBERRA-
SCHEND LÖSUNG DES TAUBENPROBLEMS VOR. RA-
DIKALES ABSCHUSSPROGRAMM GEPLANT. PRÄMIEN
AB 100 VÖGELN. PROTESTE GEGEN PLÖTZLICHEN
RICHTUNGSWECHSEL DES BÜRGERMEISTERS ANGE-
KÜNDIGT.

Das war es also. Die Tauben bedeuteten Paul alles. Jack
schöpfte neue Hoffnung, dass die alte Freundschaft nun
doch bestehen bleiben könnte. Er eilte zum Aufzug. Unterwegs rief er seiner Sekretärin zu: »Saldra, sagen sie bitte
alle meine Termine für heute ab.«

Saldra nickte und lies ihren Kopf ausfedern. Wieder eine
sinnlose Aufforderung. Zur Sicherheit warf sie einen Blick
in Jacks Terminkalender. Er war unberührt. Saldra lehnte
sich wieder zurück und lackierte ihre Nägel um eine weitere Schicht.

Als Jack siebzehn Etagen tiefer auf den Vorplatz trat, er-
wartete ihn ein überwältigender Anblick. Hunderte von
alten Menschen standen dicht gedrängt um das Barkour-
denkmal und krächzten Parolen.

»Lasst die Tauben leben!«
»Frieden im Dould-Park!«
»Ho ho Ho Chi-minh!"
Die Menge wechselte verwirrte Blicke.
»Oh, bin ich hier falsch?«
Die Menge nickte stumm.
»Dacht ich's mir doch. Nun, ich bin dann weg. Viel Er-
folg noch. Und Frieden euch allen.«
Die Menge winkte.

»Weiter géht's!« Das war Pauls Stimme. Man hörte ihm an, dass er in seinem Element war. Jack drängelte sich, nach Paul Ausschau haltend, durch die Menge, die ihre Sprechchöre inzwischen wieder aufgenommen hatte. Nun war von Bürgermeister Duwood, einem großen Reisighaufen und Streichhölzern die Rede.

Jack erreichte das Barkourdenkmal, ohne auf Paul gestoßen zu sein. Um den kleinen Mann in der Menge ausmachen zu können, kletterte Jack auf den Sockel und trat prompt in einen steinernen Pferdeapfel.

»Die waren sehr realistisch damals.«

Das war Pauls Stimme.

»Paul, wo bist du?« Jack blickte suchend über die Menge. Drüben an der Vorsinfel-Straße hatte sich ein einsames Polizeifahrzeug eingefunden. Ein Grüppchen autonomer Rentner malträtierte es gerade mit ihren Stöcken.

»Ich bin hier.«, antwortete Paul und brach in schallendes Gelächter aus. Jack klammerte sich an eines der hoch erhobenen Vorderbeine des Pferdes. Sein Freund saß auf dem Pferdekopf und hatte Jack direkt ins Ohr gesprochen.

»Tja, du solltest mehr Zeitung lesen. Ich denké wir sind jetzt quitt.«

»Meinst du?« brachte Jack hervor. Seine Hände hielten den kalten, steinernen Pferdefuß fest umschlungen, seine Füße drohten, von der Kante des Sockels zu rutschen, auf der sie in einem gefährlich anmutenden Winkel standen. Jacks Allerwertester schwenkte hoch über der tosenden Menge.

»Oh, du hast recht.« An die unter Jacks Hintern stehenden Demonstranten gewand, fuhr er fort: »Leute, geht mal dort weg, si vous plait. Ich muss meinem Freund hier runter helfen.«

Die Angesprochenen traten zur Seite.

Jack blickte dankbar zu seinem alten Freund auf.

Und bekam eine volle Priese Pfeffer ab. Paul war immer zu solchen Späßen aufgelegt.

Soweit Jack seine Situation beurteilte, blieben ihm zwei Möglichkeiten. Er könnte die Hände vor sein Gesicht halten, um die Pfefferattacke abzuwehren und anschließend auf dem Po landen. Oder er behielt die Hände an der Statue und würde von einem heftigen Niesanfall zu Boden gefegt werden.

Bevor Jack sich für eine der Möglichkeiten entscheiden konnte, fiel dem Schicksal noch eine ein. Jacks Hände hoben sich reflexartig vor sein Gesicht, doch der Pfeffer war fein genug, um zwischen seinen Fingern hindurch zu gelangen. Für einen Moment stand Jack schwankend auf der Sockelkante. Gerade als er zu dem Schluss gekommen war, der Pfeffer würde keine Auswirkungen haben, brach in seinem Inneren ein Orkan los und wählte den erstbesten Weg nach draußen. Mit einem gewaltigen *Hatschi* flog der Detektiv vom Sockel und landete unsanft auf dem Boden davor.

»Danke.«, sagte Jack, als er in die Umnachtung sank.

[...]

Die Tau-Torte

Zutaten:
- *Ein Supermarkt*
    (geöffnet, mit Tiefkühltruhe)
- *Ein Fahrgelegenheit*
    (nach Möglichkeit Auto, ersatzweise öffentliche Verkehrsmittel. Im Notfall Fahrrad)
- *Einen Einkaufskorb*
- *Etwas Geld*
    (für die Torte. Ersatzweise ein Nylonstrumpf und ein Waffenähnlicher Gegenstand.)

Zubereitung:
Man gebe sich selbst, den Einkaufskorb und eine Prise Geld in die Fahrgelegenheit und befördere diese zum (geöffneten) Supermarkt. Dort entferne man das Geld im Austausch für eine Torte aus der Tiefkühltruhe. Die Torte werde in den Einkaufskorb gegeben. Anschließend fahre man zurück nach Hause, entnehme die Torte dem Korb und lasse sie einige Zeit auftauen. Fertig.

[...]

- »Tortenkreationen leicht gemacht«

3

Scheinbar las die Jugend doch Zeitung. Auf jeden Fall fiel am nächsten Tag gegen 16 Uhr eine Gruppe von fünf jungen Leuten in den Dould-Park ein. Sie hatten eine Flinte dabei. Und sie wollten ihr Taschengeld aufbessern.

Da der Großteil der Tauben- und Entenliebhaber sich noch immer, oder auch schon wieder um das Denkmal des Fresshelden drängten und die naive Meinung vertraten, politische Entscheidungen mit Worten beeinflussen zu können, blieb der Park den geistig etwas zurückgebildeten oder -gebliebenen Greisen überlassen, die noch die längst überkommene Meinung vertraten, dass nur altes, getrocknetes Brot verfüttert werden dürfe. Sie saßen jeder für sich auf den unzähligen Parkbänken und schleuderten die knochentrockenen Krümel nach den hastig ausweichenden Vögeln. Die Enten im Teich hatten noch das Glück, die Brotstücke einige Minuten lang im Wasser einweichen lassen zu können. Doch für die Tauben, den mit Abstand beliebtesten Vögeln im Dould-Park, glichen die wahllos umher fliegenden Stücke dem Kreuzfeuer einer zerspringenden Glasflasche. Doch in Ermangelung anderer Nahrungsquellen – sie hatten nie gelernt, sich Nahrung in der Natur zu suchen – mussten sie es wohl oder übel herunter würgen.

Die Jugendlichen Freizeitjäger hatten ihr erstes Opfer ausgemacht und mit frischem, weichen Brot zu einer unbeobachteten Stelle gelockt. Dort zielten sie, von der Aussicht auf den nahenden Tod der Taube erregt, auf selbige und drückten ab.

Hunderte, Tausende, Abertausende Tauben erhoben sich schwerfällig in die Lüfte, wie lauter Miniaturjumbos.

Ihr gemeinsamer Flügelschlag hätte sogar das Vorbild dieses Vergleichs beeindruckt und ließ die Fensterscheiben der umherstehenden Häuser klirren. Der Himmel schien sich zu verdunkeln, als die panisch fliehenden Körper über dem Park nach einem Fluchtweg suchten. Die Temperatur sank, als kaum noch ein Sonnenstrahl bis zum Boden durchdrang und es kam ein starker Wind auf, als sich schließlich alle Tauben des Parks nach Westen wandten, Richtung Villenlandschaft.

Die Greise auf ihren Bänken hatten den Schuss nicht gehört. Und auch nicht das ohrenbetäubende Crescendo der Flügel. Doch sie hatten bemerkt, dass ihre Vögel weg waren. Einfach davon. Der Verzweiflung nahe sahen sie sich um und einander an. Selbst die Enten waren abgetaucht und schienen nicht vor zu haben, bald wieder aufzutauchen. Nacheinander erhoben sich gebrechliche und schwerfällige Körper von vielgenutzten Parkbänken, immer nach ihren Vögeln Ausschau haltend.

Doch nicht nur Menschen werden irgendwann senil. Auch Tauben kann dieses Schicksal ereilen, falls sie lange genug überleben. Und der Dould-Park war ein Paradies für Tauben. Da war es auch nicht weiter verwunderlich, dass Ted noch immer lebte. Ted gehörte zu den ersten Tauben, die den Park bevölkert hatten, und er war die einzige Überlebende von ihnen. Er war ein großes Vorbild für die jüngeren Generationen, trotz seiner wirr liegenden Federn, die bereits vor Jahren ihren Glanz verloren hatten. Seine Füße waren steif geworden, und die Gelenke seiner Flügel inzwischen eingerostet. Auch den Geruch nach feucht gewordener Katze wurde er nicht mehr los, doch sein Schnabel war stark wie eh und je. Er war noch eine der Natur-Tauben, die nichts von dem künstlichen Fraß der jüngeren Generationen hielt. Dies sagte er auch all seinen Urenkeln. Noch heute Morgen hatte er einige von ihnen besucht, ihnen von den alten Zeiten erzählt, als die Nächte noch nicht so lang waren. Sie liebten diese Geschichten, und Ted freute sich, dass er sie ihnen erzählen konnte.

Doch mit der Zeit war Ted auch schwerhörig geworden. Und so hörte auch er den Schuss nicht, der einen seiner Enkel zerfetzte, als er unter einer Parkbank nach Insekten suchte. Er fand eine fette Spinne, stillte seinen Hunger und beschloss dann noch einen kleinen Spaziergang zu machen, bevor er seinen Enkeln ihre Gute-Nacht-Geschichten erzählen würde.

Er humpelte also langsam unter der Bank hervor, ohne dabei mit seinem Kopf zu wippen. Auch sein Hals war inzwischen zu steif geworden, um noch beweglich genug für diesen überflüssigen Schwachsinn zu sein. Außerdem hatte Ted es nicht nötig, mit billigen Tricks Menschen zur Fütterung zu bewegen. Früher hatten die Tauben sich noch normal bewegen können. Doch dann kamen diese jungen Dinger, mit ihrer ‚Musik' zu der sie den lieben langen Tag ‚tanzten'.

Während Ted langsam den Weg entlang schritt und seinen Gedanken nachhing, bemerkte er plötzlich, dass all die anderen Tauben verschwunden waren. Verwundert drehte er sich erst in die eine, dann in die andere Richtung. Doch er konnte sie nirgendwo ausmachen.

Das Schicksal wollte es, dass auch die alten Taubenfütterer etwas bemerkten. Ted!

Da sie nicht wussten, was mit den anderen Tauben war und es sie auch nicht weiter interessierte, denn sie hatten ja nun eine gefunden, machten sie sich auf, Ted all ihre Liebe – und vor allem ihr steinhartes Brot – zu schenken.

Ein neues Ziel vor Augen setzten sie sich in Bewegung. Alte Männer und Frauen griffen langsam und vor Erregung zitternd nach ihren Brotbeuteln und Krümeltüten. Vorsichtig darauf bedacht, die Taube nicht zu verscheuchen, schleppten sie sich noch langsamer als gewöhnlich auf sie zu.

Ted merkte nicht, wie sich langsam ein Kreis von Menschen um ihn herum bildete. Sie kamen Schritt für Schritt auf ihn zu, näher und näher. Die Reihen schlossen sich und wurden immer enger.

Dann fiel der Schatten auf Ted. Die Taube schaute abrupt von dem Regenwurm, den sie gerade abwägend gemustert hatte, auf. Sie blickte direkt in die Augen eines alten Mannes, der in seiner linken Hand eine riesige ausgebeulte Plastiktüte hielt.

Der Kreis der Alten zog sich unaufhaltbar und schwankend um Ted zusammen. Doch die Taube bemerkte nichts davon. Sie blickte wie gebannt in die Augen des Mannes vor ihr.

Die Augen zeigten einen wirren Blick. Jenen Blick, den nur den ganzen Tag lang taubenfütternde Menschen haben. Er zeigt sich selbst in Glassaugen. Es ist Wahnsinn, der kurz davor stand, hervorzubrechen. Eine besondere Form des Wahnsinns. Er ist nicht kühl und berechnend, nicht wutgeladen. Es ist auch nicht der Wahnsinn eines Psychopathen. Dieser Wahnsinn ist reiner, purer Wahnsinn. Wahnsinn in seiner reinsten Form. Beinahe animalischer Wahnsinn.

Ted riss sich von den Augen los. Hecktisch nach einem Ausweg suchend, drehte die alte Taube sich im Kreis, immer und immer wieder. Doch es war zu spät. Die Alten um ihn herum standen dicht an dich. Jetzt hörte Ted schon ihre Stimmen.

»Hier kleines Vögelchen, ich habe was für dich!«

»Put put put.«

»Du hast doch sicher Hunger, nicht wahr?"

Für Ted klang alles gleich: »Friss und stirb!«. In Panik rotierte die Taube immer schneller. Verzweifelt versuchte sie ihre nutzlosen Flügel zu gebrauchen, doch sie rührten sich nicht. Die Mauer der Alten um sie herum griff langsam in ihre Tüten und Taschen. Sie schienen die Angst ihres Opfers zu riechen.

Ohne eine weitere Vorwarnung begannen sie zu werfen. Sie alle wollten Ted füttern, er sollte es so gut haben wie lange nicht mehr. Doch die alte schwindelnde Taube konnte es nicht verstehen. Von allen Seiten rasten scharfkantige Brotkrumen heran.

Ted versuchte sich mit seinen steifen Beinen zu ducken, schaffte es so gerade, unter steinhartem Weißbrot wegzutauchen und wehrte ein altes Brötchen mit seinem rechten Flügel ab. Überall um ihn herum schlug altes Brot auf den Weg und wirbelte Staubwolken auf. Er konnte seine Peiniger nicht mehr sehen.

Eine halbe Scheibe getrocknetes Schwarzbrot traf Ted am Kopf. Taumelnd geriet er in die Flugbahn eines Laibs Vollkornbrot, der ihn zu Boden riss. Während er gegen die heranwallende Bewusstlosigkeit anzukämpfen versuchte prasselten unerbittlich die Krümel auf seinen geschundenen Körper.

Schließlich glitt Ted in die wohltuende Gefühllosigkeit der Ohnmacht. Während die tobende Menge um ihn herum unaufhörlich ihre abscheuliche Fracht auf ihn schleuderte, schlief er ein.

Er sollte nie mehr erwachen.

Die alten Leute um ihn herum schmissen in einem fort. Sie wussten schon nicht mehr, was sie taten. Der Wahnsinn hatte sie gänzlich übernommen. Hatte sich in Besessenheit gewandelt. Ohne Unterlass rissen ihre schwieligen Hände krümelige Brotklumpen ab, holten aus und warfen sie auf die wehrlos am Boden liegende Taube.

Reißen – Ausholen – Werfen;
Reißen – Ausholen – Werfen;
Reißen – Ausholen – Werfen…

Die tobende Menge beruhigte sich erst, als sie all ihr Brot aufgebraucht, alle Brötchen geworfen hatten. Nach ihrer grausamen Tat sichtlich verausgabt, lösten die Alten sich langsam voneinander, denn nun mussten sie ins Bett. Zwischen ihren zittrigen Beinen kam langsam das traurige Zeugnis ihrer Tat zum Vorschein. Dort, wo einst Ted, die Taube gestanden hatte, befand sich nun nur noch ein bröckeliger Haufen Brot auf dem Pfad. Zwischen den Lücken des Walls sickerte allmählich das warme Blut ihre Opfers und bildete ein kleines Rinnsal, das den Weg entlang auf den See zufloss. Als es ihn erreichte, tauchten die Enten nach Luft schnappend auf. Dieses Mal waren sie davon gekommen.

Doch Ted hatte es nicht geschafft. Wieder einmal hatte der Mob zugeschlagen. Wieder einmal wurde eine Familie zerstört. Ted würde seinen Enkeln nie wieder Geschichten erzählen können.

Jack wusste nicht, wie er ins Büro gekommen war. Bei dem Sturz von Barkours Denkmal schien er sich seinen Kopf angeschlagen zu haben. Oder Paul hatte Jimmy gebeten, sich um ihn zu kümmern. Dieser suchte immer Leute, an denen er seine Spezialrezepte ausprobieren konnte. Vielleicht hatte er ja versucht, ihn mit seinen Freunden – Jack Daniels, Jim Beam und Wodka Gorbatschow – aus der Ohnmacht zu holen.

Zumindest fühlte Jacks Kopf sich an als wäre er eine dieser Melonen, an denen kleinen Kindern gezeigt wird, wie wichtig ein Fahrradhelm ist.

Saldra betrat das Büro mit einer kleinen dampfenden Tasse Kaffee in der Hand. Jack blickte von den Todesanzeigen auf. An irgend etwas erinnerte ihn dieses Bild. Doch an was. Abwesend verfolgten seine Augen die Tasse in Saldras Händen.

»Wo soll ich sie hinstellen?«

Jack schrak aus seinen Gedanken hoch.

»Ah, einfach auf den Schreibtisch.«

Die junge Frau betrachtete mit gekräuselter Stirn die Bü-
cherbedeckte Tischplatte.

»Einfach auf eines der Bücher.«, sagte Jack. »Die sind
nicht wichtig.«

Sich noch immer fragend, an was ihn die Kaffeetasse erinnerte, folgte sein Blick ihr bei der Landung. Saldra stellte
sie auf das ihr am wertlosesten erscheinende Buch. Jack
betrachtete das Titelbild. ,Der kleine Allergieführer'. Was
er sich alles von Emma andrehen ließ. Kopfschüttelnd griff
er nach der Kaffeetasse. Wozu brauchte er denn ein Buch
über Allergien…

Zwei Minuten später sah die verwirrte Saldra Jack über
den Vorplatz in Richtung Opulenallee hechten.

Jack erreichte die Konditorei Volke atemlos, aber mit neuem Weltrekord. Schnaufend wuchtete er die schwere Eingangstür auf und verbrannte sich dabei beinahe die Hand
an der von der prallen Sonne aufgeheizten Stange, die als
Türgriff diente.

Wann war eigentlich diese Zeit gewesen, zu der jeder
dachte, sein Haus oder Geschäft mit einer an eine Tresortür
erinnernden Massiv-Stahlplatte als Tür versiegeln zu müssen? Ja, gut, in diese Tür hier war ein großes Fenster einge-
lassen, doch der automatische Türschließer machte diesen
Mangel an Masse mehr als wieder wett. Wurden hier auch
noch andere, jugendgefährdende Dinge verkauft? Ansonsten hätte es doch sicher keiner Kindersicherung am Eingang bedurft.

Nachdem Jack diese kurze Ausschweifung beendet hatte, trat er immer noch schwer atmend ein. Die Eingangstür
schwang hinter ihm unglaublich langsam und von einem
hochfrequenten Quietschen begleitet zurück. Nachdem sie

schließlich mit einem lauten, endgültig klingendem Scheppern ins Schloss gefallen war, breitete sich absolute Stille in der Konditorei aus.

Der gesamte Raum wirkte dunkler als bei Jacks letztem Besuch, obwohl Jack gerade eben noch durch strahlenden Sonnenschein gelaufen war. Das große Schaufenster, dass von Außen so klar und einladend gewirkt hatte, schien von Innen verdunkelt zu sein. Die Gardinen waren in ein gelbliches Licht getaucht. Oder konnten sie innerhalb so kurzer Zeit vergilbt sein? Der trockene Tabakgeruch, der sich bereits an Jacks Lungen zu schaffen machte, schien es möglich zu machen.

Jack trat mit sicheren Schritten auf die Theke zu. Zumindest hoffte er, dass seine Schritte so sicher waren, wie er es beabsichtigte. Er ging langsam an einem älteren Mann vorbei, der ihn aus dem Dunkel von einem kleinen runden Stehtisch gegenüber der Tür beobachtete. Als Jack die Theke erreicht hatte und dem Mann den Rücken zuwand, schlürfte dieser lautstark einen Schluck aus seiner Kaffeetasse. Jack schrak innerlich zusammen. Äußerlich zeigten nur die weiß hervortretenden Fingerknöchel seiner ineinander verkrampften Hände eine geringe Anspannung.

»Was darf´s sein?«

Die plötzliche, schrille Stimme brachte Jacks Herzrhythmus noch ein wenig mehr durcheinander. Seine Augen hatten sich noch nicht gänzlich an das Halbdunkel des Raumes gewöhnt, so dass er nur eine schemenhafte Gestalt auf der anderen Seite des Raumes erkennen konnte.

»Sind sie Verena Somby?«

»Fragen sie doch meine Eltern, die haben mir 'nen Namen gegeben! Ich verkaufe hier… Also? Wollen sie was?« Es klang nicht so, als wäre die Frau wirklich an einer geschäftlichen Transaktion interessiert.

»Ja, ich würde gerne mit Frau Somby reden, wenn es recht wäre. Es geht um den Tod von Herrn Konditor Volke.«

»Ich dachte da wär' alles geklärt. Es war ein Unfall, oder nich?«

»Ja, davon geht die Polizei aus. Doch da gibt es noch etwas anderes zu regeln.«

»Was soll es denn noch zu regeln geben?« Vage Unsicherheit breitete sich in der Stimme der Silhouette aus.

»Nun, mir ist eingefallen, das ich etwas gefunden hatte. Bei Herrn Volke.«

»Was denn gefunden?«

»Es wurde etwas dort gelassen.«

»Was gelassen? Meinen sie, es wurde etwas hinterlassen?« Jack konnte deutlich die Augen der Frau im Dunkeln blitzen sehen.

»Ja, so könnte man das sagen.«

»Ah, das ist ja wunderbar.« Die Gestalt trat um die Theke herum und näherte sich Jack. »Kommen sie, setzen sie sich.«

Jack erkannte vage, wie die kleine, rundliche Frau auf einen kleinen Tisch am Schaufenster deutete. In der Hoffnung, dort etwas mehr sehen zu können, folgte er der Einladung und setzte sich. Kurz darauf tauchte auch die untersetzte Frau bei ihm auf. Sie trug eine Kaffeekanne und zwei große Kaffeetassen mit der Aufschrift: »Konditorei Volke, *abnehmen können sie immer noch*«. Ihre anfängliche Ablehnung war verschwunden und nun kam sie aus ihrem Redefluss nicht mehr heraus.

»Sie haben Glück. Ich bin tatsächlich Verena Somby. Ich hätte nicht gedacht, dass sie so schnell kommen würden. Aber jetzt bin ich froh. Ich wünsche mir, dass es so schnell wie möglich vorbei ist, damit wir alle wieder ein einigermaßen normales Leben führen können.

Es wundert mich natürlich schon, dass ich überhaupt bedacht wurde, wo ich mir doch solche Mühe gegeben hatte, es zu verbergen. Ich fand es zwar nicht falsch, aber ich dachte mir, dass die Allgemeinheit es sicher nicht akzeptieren würde. Er war ja schon recht alt. Aber auch so schrecklich einsam. Hatte keine Frau oder Freundin, um die es mir hätte leid tun müssen. Trotzdem wollte ich nicht, dass es heraus kommt.

Na ja, jetzt wissen sie es ja. Es tut gut, darüber zu reden, besonders jetzt, wo alles vorbei ist. Ich möchte sie nur bitten, mir noch ein bisschen Zeit zu geben. Ich habe noch ein paar Dinge zu erledigen. Danach können sie mich ja dann morgen hier abholen.« Mit diesen Worten stand sie auf und verschwand in einem Durchgang hinter der Theke. Jack blickte ihr verblüfft nach und konnte seinen Ohren kaum trauen. Sein Kaffee stand unberührt vor ihm und schien geradezu zu schreien: Trink mich! Doch Jack erhörte seine Bitte nicht.

Konnte es tatsächlich wahr sein? Bisher hatte er noch nie solch ein Geständnis gehört. Und dann hatte diese Frau es auch noch so freiwillig abgegeben. Sie schien geradezu darauf gewartet zu haben, dass sie den Mord zugeben konnte. Bei so viel Mitarbeit ihrerseits konnte er ihr ja auch noch einen Tag in Freiheit gönnen. Sie würde es sicher nicht noch einmal tun, jetzt, da sie es ihm gestanden hatte. Somit blieb Jack genug Zeit, seine Auftraggeberin, Frau Mulpick zu benachrichtigen. Er hatte den Fall gelöst. In Rekordzeit. Und dazu auch noch vor der Polizei. Die ahnten ja noch nicht einmal etwas von einem Mord.

Dieser Fall würde Jack in eine neue Liga der Detektive aufsteigen lassen.

Er könnte ein Buch darüber schreiben.

Einen Film drehen.

Berühmt werden.

REICH!

Nun, das musste noch warten. Zunächst einmal kehrte Jack fröhlich in sein Büro zurück.

»Setzen sie sich, meine Herren!«

Bürgermeister Duwood folgte seiner Einladung als erster und ließ sich schwer, alles andere würde bei seinem Körperumfang zu grotesk erscheinen, in den bereitstehenden Sessel fallen. Mit einem kurzen Quietschen des schwarzen Leders rutschte das Oberhaupt von Heidhausen in eine bequemere Position, stützte seine Ellenbogen auf den polierten Mahagonitisch, der sich durch den ganzen Raum erstreckte, und musterte die Anwesenden. Er war eine jener Personen, hinter deren Namen im allgemeinen drei Buchstaben in einer Klammer standen, und somit war er offiziell befugt, sich für wichtig zu halten.

Duwood befand sich am Kopfende des Konferenztisches. Dieser war nach seinen eigenen Vorgaben gefertigt worden. Um zu verhindern, dass ihm irgend jemand aus Platzmangel Konkurrenz machen könnte, indem er sich an das Kopfende ihm gegenüber setzte, hatte Duwood dem Tisch kurzerhand eine leicht geschwungene Form gegeben. Die beiden Seiten des Tisches liefen einander sanft entgegen und bildeten Duwood gegenüber ein dritte Ecke. Durch diese verzerrte Dreiecksform gab es kein zweites Kopfende und alle am Tisch konnten sich voll und ganz auf den Bürgermeister konzentrieren.

Und genau dies taten sie. Zu Duwoods Linken saß Plaper Nahc, der engste Berater des Bürgermeisters. Er war klein, dünn und machte ganz allgemein den Eindruck immer übergangen zu werden.

Einen Platz weiter befand sich der Polizeichef von Heidhausen, streng darauf bedacht seinen Bauch einzuziehen, um sich nicht Duwoods Konkurrenzdenken auszusetzen.

Ihm gegenüber hatte Benjamin Schnoezel, verantwortlich für die PR-Abteilung des Bürgermeisters, Platz genommen und suchte gerade möglichst unauffällig nach einem Taschentuch. Es gelang im nicht besonders gut, da er seine rechte Hand, mit der er sich zuvor seine Frisur gerichtet hatte, nicht einsetzen konnte, ohne dunkle, glänzende Flecken auf seinem noch dunkleren Anzug zu hinterlassen. Zumindest aber lagen seine Haare nun wieder glatt und streng nach hinten und reflektierten feucht das Licht der Deckenbeleuchtung. Die Frisur hatte sogar den netten Nebeneffekt, dass die Anfänge seiner Glatze von der schwarzen Masse erstickt wurden.

Rechts von Bürgermeister Duwood befand sich schließlich Abt Sarve'curfe von den Serpentinermönchen. Er saß ruhig da und schien zu meditieren. Es sah zumindest so aus, denn er tat überhaupt nichts. Also musste er in einer sehr tiefen Trance sein.

Tatsächlich schlief er.

»Nun meine Herren, die Lage ist ernst.« Duwood unterbrach sich kurz, um nach seiner Kaffeetasse zu langen. »Herr Tatuetada,« fuhr er die Tasse schwenkend fort, »erläutern sie uns doch bitte noch einmal die aktuelle Situation.«

Der Angesprochene wurde sich der plötzlichen Aufmerksamkeit ihm gegenüber bewusst, straffte seinen Bauch noch mehr und begann dann gepresst zu sprechen. »Die Situation ist wie folgt: Die Verursacher dieser ganzen Tauben-Scheiße, allen voran die Einwohner des Senilenviertels, weiten ihre Proteste gegen das Notstandsgesetz aus.« Tiefes Luftholen. »Anscheinend haben sie eine erste tote Taube gefunden. Sie halten den Dould-Park besetzt und haben sich entlang der Vorsinfel-Straße und der Opulenallee zu einer Mahnwache versammelt.«

Polizeichef Tatuetada nutzte die kurze Pause in seinem Redefluss, um seinem Gesicht durch tiefes Durchatmen den gerade entstehenden Rotschimmer zu nehmen.

»Und was ist nun so kritisch an dieser Situation?«, fragte Plaper Nahc sein rechtes Schienbein reibend in die Runde. Er hasste es, für seinen Boss immer den Dummen spielen zu müssen.

»Das ist doch ganz deutlich zu erkennen.« Snoezel hatte inzwischen ein Taschentuch gefunden und bearbeitete damit seine Hand. »Die alten Bürger sind verärgert. Wenn wir jetzt nichts unternehmen, werden sie dem Bürgermeister bei den Wahlen in sechs Wochen die Unterstützung entziehen.«

»Nun, das ist mein geringstes Problem.« Tatuetadas Gesicht zeigte wieder das für ihn typische Bleich. »Die Beamten, die bei der gestrigen Protestveranstaltung vor dem Hogul-Tower waren, berichteten von tätlichen Angriffen auf sie. Ich glaube die Alten sind mehr als verärgert. Einige unserer wenigen verbliebenen Quellen in ihren Reihen sprechen sogar schon von der Bildung militanten Gruppen zum Schutze der Vögel.«

»Nun, ich denke, da übertreiben ihre Informanten ein wenig, mein lieber Tatuetada.«, mischte sich Duwood wieder in das Gespräch ein. Er nahm noch einen tiefen Schluck aus seiner Tasse, bemerkte, dass sie bereits leer war und stellte sie zurück auf den Tisch. »Was ihre Sorge angeht, Snoezel, stimmen sie voll und ganz mit mir überein.« An seinen Berater gewand fuhr er fort: »Was schlagen sie als Lösung vor, Nahc?«

Froh, endlich einmal seine eigene Meinung darlegen zu können, ließ Plaper Nahc die Worte nur so aus seinem Mund strömen.

»Also, ich denke, noch ist es nicht zu spät, um das Gesetz zurück zu ziehen. Wir könnten es vielleicht als eine Falschmeldung der Zeitungen bezei – *Autsch!*« Sein Schienbein würde noch lange die Zeichen dieses Treffens tragen. Vorsichtiger machte er einen weiteren Versuch.

»Also, was die Wähler angeht, könnte man ihnen vielleicht, wenn sie, Herr Bürgermeister, dies für richtig halten, könnte man ihnen eine, im Rahmen unserer Möglichkeiten, höhere Rente zubilligen…« Nahcs schmerzverzerrtes Gesicht deutete auf einen weiteren Fehler in seiner Wortwahl hin. »Oder vielleicht, in Aussicht stellen… nach den Wahlen, oder so…« In seinen Sessel geduckt, wartete er auf einen weiteren eindeutigen Kommentar seines Chefs, doch dieser erfolgte nun ausnahmsweise in verbaler Form.

»Ausgezeichneter Vorschlag! Sie sprechen mir aus dem Mund. Das muss sofort ins nächste Wahlprogramm. Hören sie Snoezel? Schreiben sie es sich auf!«

Snoezel blickte kurz von seiner rechten Hand auf, bestätigte den Empfang des Befehls mit einem kurzen Nicken und fuhr anschließend fort, sich kleben gebliebene Flusen seines Taschentuches von der Hand zu zupfen.

»So, nun zu ihnen, Abt Sarve'curfe.« Duwood richtete seine volle Aufmerksamkeit, und damit auch die der Anderen, auf den tief in seiner olivgrünen Robe versunkenen Mann. »Sie werden sich sicher schon gefragt haben, was sie und ihr Orden mit der ganzen Sache zu tun haben.«

Hatte er nicht. Er wusste es bereits. Allwissenheit gehörte zu den grundlegenden Fähigkeiten, die man als Abt des Serpentinerordens mitbringen musste.

»Um gleich auf den Punkt zu kommen: Es geht um die Sicherheit von Heidhausen. Ich frage mich, welche Auswirkungen das Ganze auf die Moral unserer Bürger hat.«

Bei dem Wort Moral schrak der Abt ruckartig aus seinen fechtfröhlichen Träumen auf. Von außerhalb des langen, wallenden Gewands und der tief ins Gesicht gezogenen Kapuze erschien es jedoch eher wie ein verständnisvolles Nicken. Zumindest dem Bürgermeister.

»Was die allgemeine Moral angeht, Herr Bürgermeister, so habe ich noch keine Bedenken.« Der Abt hatte sich erstaunlich schnell von seinen allwisserischen Ausflügen in die Räumlichkeiten des örtlichen Gewerbebereichs für erotische Dienstleistungen losgerissen. »Sorgen machen mir nur unsere älteren Schäfchen. Wenn sich die Situation zuspitzt und sie ihre einzige Freizeitbeschäftigung verlieren, könnten wir gezwungen sein, mehr Ausreiseversuche als gewöhnlich zu inhibieren.«

Snoezel ließ endgültig von seiner gegelten und geflusten Hand ab und blickte verwirrt die anderen im Raum an.

Sein Blick fiel auf das schmerzverzerrte Gesicht von Plaper Nahc.

»Zu was, sagten sie, seien sie gezwungen?« fragte dieser ,betreten'.

»Ich sagte, wir könnten gezwungen sein, mehr Ausreiseversuche als gewöhnlich zu inhibieren.«, antwortete der Abt freundlich lächelnd.

Zwischen zusammengebissenen Zähnen presste Duwoods Berater seine Frage weniger missverständlich hervor.

»Und – was – bedeutet – inhi-bieren?«

»Oh, so etwas wie verhindern, mein Sohn.«

Der Bürgermeister stellte noch einige weitere Fragen: ob die Disziplin der Bevölkerung gefährdet sei, welche Folgen sich für das Verantwortungsgefühl der Bürger ergäbe, inwiefern sich ein Einfluss auf das Verantwortungsbewusstsein entwickeln könnte und ähnliches. Der Abt beantwortete alles mit einer ebenfalls schier endlosen Fülle von Synonymen und schließlich war die Sitzung beendet.

»Es war mir eine Freude, wieder einmal bei ihnen sein zu können«, sprach der Abt an seinen Finanzgeber und Bürgermeister gewand. Dieser bedankte sich ebenfalls flüchtig und stapfte aus dem Raum. Kaum draußen, verließ die Anwesenden ihre Disziplin. Tatuetada entspannte seine rudimentär vorhandene Bauchmuskulatur und verdoppelte dadurch seinen Körperumfang. Plaper Nahc lies sich jammernd auf den Boden sinken und untersuchte das Ausmaß der Schäden. Snoezel kramte neben dem Abt nach einem weiteren Taschentuch, fand eines und nutzte es speichelbefeuchtet zum Säubern seiner Hand. Der Abt blieb noch einen Moment sitzen, bis er sicher war, dass Snoezel wieder trockene Hände hatte, erhob sich dann und verabschiedete sich mit einem Händedruck.

»Ich hoffe wir werden bald wieder einmal zusammen kommen, Herr Snoezel. Wir haben noch die neueste Werbekampagne für die Sonntagsgottesdienste zu initiieren.«

»Ja, da haben sie recht. Ich werde mich melden.«

Wird er nicht, dacht – und wusste – der Abt. *Aber so kommst du mir nicht davon.*

»Notabene[*]: Ihre Haare stehen auf der rechten Seite etwas ab. Ich empfehle dringend, sie zu richten, um nicht zuviel Furore zu erregen.«

Beim Umdrehen hörte Abt Sarve'Curfe noch das klebrige Klatschen, dass ihn an Dosensardinen erinnerte, die zwischen den Fingern zerquetscht werden. *Der fällt auch immer wieder drauf rein.*

Die Tauben waren aufgebracht. Genauso aufgebracht wie die Menge die sich unter ihnen im Dould-Park versammelt hatte. Die Rentner hatten inzwischen, zugegebenermaßen bescheidene, Unterstützung bekommen. Eine Handvoll Taubenfreunde kümmerte sich um jene Senioren, deren Kreislauf noch verärgerter war als sie selbst. Auch einige Taubenzüchter hatten sich, aus Angst um ihre – nein, nicht Tauben – Subventionen, unter die Demonstranten gemischt.

Die Tauben achteten jedoch nicht auf das Durcheinander zu ihren Füßen. Sie mussten all ihre Aufmerksamkeit auf jenes Durcheinander um sie richten. Alle Tauben, die irgend etwas mit Ted oder der Führung der Tauben zu tun hatten – und das waren, wie es so üblich ist, nicht gerade wenige – bildeten eine Versammlung in luftiger Höhe. Sie flogen kreuz und quer durcheinander und gurrten aufgebracht. Schließlich, als Rrug, ihr Oberhaupt, sicher sein konnte dass jeder eingetroffen war, schwang er sich noch etwas höher in die Lüfte und zog über dem wilden Haufen seiner Untertanen weiträumige Kreise.

»Meirrne lierrben Mittaurrben. Aurrch irrch birrn ürrberr derrn Torrd urrnserrerrs Frreurrnderrs urrnd seirr-

---

[*] *lat*: übrigens

nerrs Errnkerrls sehrr aurrfgerrbrrarrch. Errs karrn nirrcht sorr werriterr gerrhen!

Arrls sierr urrns mirrt arrlterrm Brorrt berrwarrferrn, harrben wierr urrns darr berrschwerrt? Arrls sierr urrns urrnserre lierrblirrngsplärrtzerr mirrt Starrcherrln gerrspirrckt harrberrn, harrben wierr urns dorrt gerrgerrn sierr errhorrberrn?«

Rrug verstummte und wartete auf eine Antwort. Doch seine Untertanen schienen mit rethorischen Fragen besser vertraut zu sein, als er dachte.

»Neirrn, wirr harrberrn irrmmerr arrllerrs hirrngerr-norrmerrn. Warrs sierr urrns aurrch arrntarrterrn, wierr harrberrn sierr marrcherrn larrserrn urrnd darrs berrsterr darraurrs gerrmarrcht.«

Seine Untertanen unter ihm gurrten mürrisch und bestätigend.

»Dorrch nurrn sierrnd sierr zurr weirrt gerrgarrngen. Dierrserrs marrl harrberrn sierr zweirr urrnerrerr Mirrt-bürrgerr errmorrderrt. Dierrs körrnerrn urrnd werrderrn wierr nirrch aurrf urrns sirrtzerrn larrserrn.«

»Neirrn.«, »Nierrmarrls!«, »Wierr dorrch nierrcht.« Gurrte es von unten.

»Jarrworrhl meirrnerr Frreurrnderr. Wierr werrderrn zurrürrckschlarrgerrn!«

Die Masse unter ihm jubelte.

»Wierr werrderrn errs irrhnerrn eirrn fürr arrlerrmarrl heirrmzarrlerrn!«

Nun flippten seine Untertanen völlig aus. Sie flogen noch waghalsigere Manöver aneinander vorbei, schlugen Saltos und gurrten Jubelrufe.

»Warr«, wandte Rrug sich an seinen ODD-Minister[*]. »Berreirrterrn sierr arrllerrs fürr eirrnerrn Gerr-gerrnschlarrg vorr!«

»Jarworhl Mirsterr Prrersirdernt!«

---

[*] offensive, destruktive Defensive. Engl: seltsam, abnormal

»Nerrnerrn sierr mirrch nierrch irrmerr Mirrsterr Prrerr-sirrderrnt!«

»Sirr, jarworhl, Sirr!«

»Urrnd birrtterr nirrcht Sirr!«

»Ok, Borss.«

Der erste Anschlag erfolgte im Café Hague, direkt neben Jean's Bistro. Ein kleines Grüppchen jener mordlüsternen Menge, die Ted seinen qualvollen Tod beschert hatte, saß fröhlich bei Kaffee und Kuchen zusammen. Da das Café sich in der Vorsinfel-Straße und nicht in der Opulenallee befand, war der Kaffee hier etwas schlechter, die Tassen einfacher und nicht aus teurem Porzellan und der Kuchen aus der Gefriertruhe. Doch dies tat der Laune der fröhlich Schwatzenden keinen Abbruch. Als eine von ihnen, Frau Siemalda, die Taube bemerkte, die sich hoch oben auf dem Sims des Gebäudes niedergelassen hatte, machte sie sogleich ihre Begleiter auf sie aufmerksam.

»Och, schaut mal dort. Ist die nicht süß?«

Ihre Tischnachbarin, Frau Verimme, antwortete verzückt.

»Jaaa, die hat bestimmt Hunger. Es muss sich wohl rumgesprochen haben, wie gut wir zu den Tauben sind.« Ihre Bemerkung wurde mit allgemeinem Kichern aufgenommen.

»Na, dann wollen wir dir doch mal was gutes geben.« Frau Siemalda brach ein großes Stück ihres Käsekuchens ab.

»Nein, warte, das ist viel zu weich. Ich hab noch altes Brot in der Tasche.« Frau Verimme reichte ihr einen Brocken.

»Na, das ist doch noch besser, nicht« Frau Siemalda war nun ganz auf die Taube fixiert. »Das ist was feines, nicht?«

Terr, die Taube, war da ganz anderer Meinung. Doch sie war ja nicht zum Essen da.

»So, nicht erschrecken, ich werf' es jetzt hoch.«

Langsam, wie in Zeitlupe, holte Frau Siemalda aus. Das Stück Brot fest mit ihren altersfleckengezeichneten Fingern umschlossen. Auf dem Sims neigte Terr den Kopf auf die andere Seite.

»Marrke myrr dayr!«, gurrte er.

Frau Siemalda warf.

Terr presste.

Auf halbem Wege passierten die Geschosse einander. Terr war bereits losgeflogen, konnte aber noch aus den Augenwinkeln erkennen, dass seine Mission erfolgreich verlaufen war. Frau Siemalda würde es sich in Zukunft zweimal überlegen, ob sie eine Taube füttern sollte.

Der kleine Allergieführer

Vorwort

Vielen Dank, dass sie den kleinen Allergieführer erstanden haben. Er passt in jede Tasche und sie können ihn so immer dabei haben.

Inhalt:

Erster Teil

Allergien treten bei vielen Menschen auf. Sie müssen sich dessen nicht schämen.

Zweiter Teil

Falls sie feststellen sollten, dass sie eine Allergie haben, so suchen sie ihren Hausarzt auf. In akuten Fällen können sie sich auch zum nächstbesten Krankenhaus begeben.

Hinweis auf das Verlagsprogramm

In Kürze erscheint: »Der ganz kleine Allergieführer«
3 Seiten, für nur 8,90 €

- »Der kleine Allergieführer«

4

Jack war gut gelaunt. Sehr gut gelaunt. Alles schien so zu laufen, wie er es sich wünschte. Nicht nur, dass er nun, nach zwei/drei Nebenhandlungen, endlich wieder im Mittelpunkt der Handlung stand. Nein, noch wichtiger war, dass er seinen ersten wichtigen Fall gelöst hatte und sich nun aufmachte, die Lorbeeren dafür einzusammeln. Er rieb sich kurz die Hände, wischte die aus ihnen heruntergerieselten Krümel vom Schreibtisch und griff zum Telefonhörer.

Draußen vor Jacks Büro schrak Saldra beim ungewohnten Schellen des Telefons zusammen, brach sich einen Fingernagel ab, fluchte, griff zum Telefon, hielt inne, sprang auf und rannte zu Jacks Büro.

»Da ist ein Anruf in der Leitung. Möchten sie vielleicht drangehen?«

»Nein Saldra, das bin ich. Ich wollte sie bitten, mich mit Frau Mulpick zu verbinden.«

»Oh, achso. Ja dann.«

Die Tür schloss sich mit dem Glastüren eigenen Klirren. Jack wartete einen Augenblick, dann noch einen und schließlich einen weiteren. Dann hatte Saldra die Anleitung der Telefonanlage gefunden und verband ihn mit Frau Mulpick.

»Läuft das schon? Oh, ja. Also,« Das Tonband räusperte sich. »hier ist Mulpick, Elisie Mulpick. Ich bin nicht da. Was auch immer sie auf dem Herzen haben...Wie, schon vorbei? Ach nein, doch nicht...was auch immer sie also auf – *Piep*«

»Ja, hallo Frau Mulpick. Hier ist Jack Boldewig. Ich dachte mir, es könnte sie vielleicht interessieren, dass ich ihren Fall gelöst habe. Schade, dass sie nicht da sind...«

»Ja, hallo? Jack?«

»Oh, guten Morgen Frau Mulpick.«

»Naja, ob der so gut ist... Aber wenn sie tatsächlich Recht haben sollten, so könnte es zumindest noch ein guter Tag werden. Ich hole mir nur schnell einen Kaffee und dann erzählen sie mir alles.«

»Ja, ist...« Ein lauter Knall wies Jack darauf hin, dass eine Antwort wohl unangemessen war. Keine zehn Minuten später (was nur daran lag, dass Jacks Uhr in der Zwischenzeit stehen geblieben war) hob Frau Mulpick den Hörer wieder auf. Jack wurde durch ein lautes Schlürfen aus seinen Träumen gerissen.

»So, dann erzählen sie mal. Ich hoffe für sie, dass sie recht haben.« Stimmte zwar nicht, aber zu sagen, ‚na hoffentlich haben sie armer Trottel dieses mal wieder Mist gebaut‘ gehörte sich einfach nicht. Man konnte nie wissen, welche ihrer Nachbarinnen gerade zuhörte.

»Also, nach umfangreichen und arbeitsintensiven, aber auch kostspieligen, Recherchen bin ich zu dem Schluss gekommen, dass Herr Volkes Angestellte, Frau Somby, ihren Chef getötet hat. Ich habe sie gestern zur Rede gestellt und sie hat die Tat gestanden.«

Wieder ein Schlürfen. Dieses Mal klang es eindeutig abschätzig.

»Und was bitte sollte das Motiv sein. Die Frau war immer sehr freundlich und zuvorkommend und hat sich auch nie beschwert.«

»Sie sagte, dass es etwas mit seinem Alter und der Einsamkeit, der er ausgesetzt war, zu tun hatte. Sie schien froh zu sein, dass sie darüber reden konnte.«

»Ach, hören sie, das ist doch Blödsinn. *Ich* würde niemals einen Mord zugeben.« Frau Mulpicks Stimme klang aufgebracht. »Wenn ich denn überhaupt einen begangen hätte.«, ergänzte sie etwas zu spät. »Na schön, kommen sie vorbei und erklären sie sich mir ausführlich. Vielleicht ist ja doch etwas dran.«

Jacks Antwort ging in neuerlichem Schlürfen unter. Dann hörte er noch einmal einen dumpfen Schlag und die Verbindung war unterbrochen.

Das Villenviertel von Heidhausen, im Osten der Stadt und nördlich des Senilenviertels gelegen, bot keinen überraschenden Anblick. Es sah tatsächlich aus, wie solche Gegenden nun einmal auszusehen haben. Breite Straßen biegen sich hindurch, als würden die wenigen exquisiten Fahrzeuge der Anwohner keine geraden Strecken zurück legen können. Weit und breit gab es keine Kinder, obwohl die gepflegten Gartenanlagen zu beiden Seiten der Straßen sie eigentlich hätten magisch anziehen müssen. Vielleicht lag es an den hysterisch keifenden älteren Damen oder den Heerscharen von ebenso kläffenden Tölen Marke Fifi. Ebenso denkbar war es aber auch, dass die Kinder von dem ewigen guten Wetter und strahlendem Sonnenschein innerhalb kürzester Zeit auf Hummerröte gebacken werden würden und sich aus diesem Grund die unwirtliche, aber hübsch anzuschauende Gegend mieden.

Eine Nacht gab es hier nur, damit die zwielichtigen - weil ausländisch aussehenden - Müllmänner, Gärtner und Straßenreiniger nicht die anwohnenden Herrschaften mit ihrer äußeren Erscheinung verschreckten.

Doch von all dem wusste Jack nichts, als er mit seinem rostigen soundsovieler Cabrio über erstklassige Straßen rumpelte, an fein modellierter Heckenkunst vorbei ratterte und schließlich in Frau Mulpicks Einfahrt mit stotterndem Motor zum Halt kam. Verärgerte Anwohner, die unsanft aus ihrem Vormittagsschlaf geweckt worden waren, warfen verschlafene Blicke auf ihre Nachttischuhren und ärgerten sich, dass ihren diversen Vermögen seit dem Frühstück noch nicht die Zeit gegeben worden war, sich für dringende Anschaffungen wie eine neue Jacht oder besser schalldämpfende Wände ausreichend zu vermehren.

Jack schellte. Wie durch Zauberhand erklang unter dem Druck seines Zeigefingers ein ganzes Orchestra. Jack ließ Beethovens[*] Neunte spielen, was selbst in dieser Umgebung ein wenig theatralisch klang. Begleitet wurde das Stück von Frau Mulpicks Hund Fifi, doch außer besagter Kläffmaschine regte sich nichts.

»Frau Mulpick, ich bin es, Jack Boldewig. Soll ich vielleicht ein anderes mal vorbei kommen?«

Noch immer regte sich nichts. Durch das zu beiden Seiten der Tür eingebaute Glas konnte Jack das verzerrte Abbild von Fifi den Fußabtreter zerwühlen sehen.

Na, willst du ihn vielleicht ersetzen?, dachte sich Jack.

»Sie wollten doch, dass ich ihnen alles ausführlich erläutere. Ich möchte es ihnen nur recht machen. Falls sie keine Lust haben, mir die Tür zu öffnen oder zu antworten, dann sagen sie am besten gar nichts, wenn sie möchten, dass ich mir irgendwie Eintritt verschaffe.«

»«, lautete die Antwort. Was nicht gerade viel war. Tatsächlich war es sogar gar nichts.

»Gut, dann komme ich jetzt rein.«

Jack griff nach dem Türknauf und zu seiner Überraschung... geschah nichts. Die Tür war verschlossen.

»Na toll, und was jetzt?«

Vielleicht könntest du einen versteckten Schlüssel suchen, sprach eine Stimme in Jacks Kopf.

»Ja, könnte ich. Gute Idee.« Irgend etwas war falsch. Jack kratzte sich am Kopf und überlegte, was es sein könnte. Die Stimme schnurrte wohlig unter dem Kraulen seiner Finger. Mit einemmal kam es Jack in den Sinn. Vom Geis-

---

[*] übrigens auch einer der Künstler, die aufgrund ihres Wissens über Heidhausen ihr Gehör einbüßen mussten.

tesblitz getroffen, schlug er sich auf die Stirn, was die Stimme zu einem lauten *Aua* bewegte.

»Wer bist du denn eigentlich?«

Ich bin du.

»Und wer bin ich dann? Etwa du?«

Nein, du bist du.

»Dann sind wir beide ich?«

Nein, ich bin du.

»Aber wir sind beide die gleiche Person?«

Ja, in gewisser Hinsicht.

»Das ist verwirrend. Was machst du denn in meinem Kopf?«

Gegenfrage: was machst du da? Und ich bin du. Begriffen?

»Nein, ich finde das zu kompliziert. Bist du nicht eigentlich überflüssig?«

Wie hättest du sonst auf die Idee mit dem anderen Eingang kommen sollen?

»Ich weiß nicht. Vielleicht hätte ich den Autor gefragt.«

Bäh, das ist doof. Du würdest den Leser aus der Geschichte reißen.

»Tust du das nicht auch gerade?«

Oh, verdammt. Du hast recht. Daran hatte ich nicht gedacht.

»Nun, wenn du nicht daran gedacht hast, ich aber schon, dann brauche ich dich doch eigentlich gar nicht, oder?«

Ich glaube, da hast du recht. Die Stimme schien nachzudenken. *Bräuchtest du vielleicht noch ein Gewissen?*

JETZT MACH MAL HALBLANG. DIE STELLE IST SCHON BE-SETZT, VERSTANDEN? WENN DU DICH NICHT BALD VERZIEHST, DANN VERGESSE ICH MICH UND LASSE JACK MIT DIR ANSTEL-LEN, WAS ER WILL.

Okay okay, schon gut, ich verzieh mich. War sowieso 'ne blöde Idee des Autors, so von den Ereignissen abzulenken. Hat der Spannung gar nicht weiter geholfen.

DAS SCHAFFT DER SCHON NOCH, KEINE SORGE.

»Verzieht euch endlich aus meinem Kopf, alle beide!«

Okay, bin schon weg.

Mit einem mal schien der Druck, der sich in Jacks Schädel aufgebaut hatte, zu entweichen.

UND ICH, CHEF? EIN GEWISSEN KÖNNTE NÜTZLICH SEIN.

»Na gut. Du kannst meinetwegen bleiben. Au!«, Jack fuhr sich mit der Hand an den Kopf. »Hör aber bitte auf, Freudentänze zu veranstalten!«

OKAY CHEF.

Kurze Zeit später, als er sich mit Hilfe des obligatorischen Haustürschlüssels unter der Fußmatte Zugang zu Frau Mulpicks Haus verschafft hatte, bereute er, sein Gewissen behalten zu haben. Fifi machte sich einen Spaß daraus, alle seine scharfkantigen Körperteile in sämtliche von Jacks erreichbaren weichen Körperteile zu bohren. Mit allem anderen als würdevollem Herumgehopse und Geschiebe gelang es Jack jedoch, Fifi in den Windfang des Hauses einzusperren.

Stark mitgenommen, blickte der Detektiv sich um.

»Frau Mulpick, ich bin es. Jack Boldewig.«

Sie kennen doch sicher jene protzigen Villen, in denen in Filmen immer irgendwelche illustren Feiern abgehalten werden. Jene Gebäude, deren Räume ganzen Einfamilienhäusern Platz bieten. Mit Fußböden aus feinstem poliertem Marmor, über den sich schützend ein Perserteppich von schier biblischem Ausmaß ausbreitet. Die mit Säulen und Reliefs verzierten Wände tragen stolz mannsgroße Gemälde, klassische oder Pop-Art. Dezente viktorianische Möbel verzieren den Raum.

In genau solch einem Saal fand Jack sich wieder, als er sich von der weiß lackierten Tür wegdrehte. Die angrenzenden Türen waren geschlossen, und so konnte er nur ihre Umrisse erkennen. Eine befand sich zu seiner Rechten und eine weitere zu seiner Linken. Im hinteren Teil des Raumes, dort, wo die marmorne Treppe an der rechten Wand beginnend in einem sanften Bogen in den ersten

Stock hinauf führte, konnte Jack vage den Lichtkranz einer weiteren Tür erkennen. Die Treppe sah er nicht, aber sie war da, ganz sicher.

Jacks Finger fummelten an der Wand zu seiner Rechten, verursachten ein zischendes Geräusch, als sie den baufälligen Lichtschalter aus der vorletzten Jahrhundertwende entdeckte und betätigten ihn. Der Geruch, der in Jacks olfaktorisches Organ* stieg, erinnerte ihn daran, dass er wieder einmal eine Grillparty veranstalten könnte.

Während er noch über einen geeigneten Zeitpunkt nachdachte, entschieden sich die verrotteten Leitungen nach anfänglichem Zögern nun doch, Strom fließen zu lassen. Das Flackern und das dieses begleitende Knistern veranlassten den Detektiv, seine Gedanken erst einmal beiseite zu schieben und zur Decke aufzuschauen. Dort oben, in der Mitte des Raumes hing aus einer kunstvoll verzierten Verankerung eine einzelne, schwach vor sich hin glimmende Glühlampe. Weit und breit kein monströser Kronleuchter, sei er nun aus Glas oder Kristall. Nur eine unbeständig am Rand ihres Zerfalls schwankende Birne.

Jack senkte seinen Blick wieder und fand vor, was er befürchtet hatte: Nichts. Im Gegensatz zur Decke, deren Ecken zumindest mit Spinnenweben gefüllt waren, die sich sanft in einem unmerklichen Wind wiegten, war der Boden komplett leer. Zumindest soweit Jack dies im schummrigen Licht erkennen konnte.

Verwundert über Frau Mulpicks darstellerische Fähigkeiten einer wohlhabenden Witwe, schritt er langsam weiter in den Raum. Jeder Schritt warf ein mehrfaches Echo und selbst das leiseste Geräusch blieb nicht unwiederholt.

Bis er im hinteren Teil des Raumes (ja, genau, unter der Treppe bei der Tür) auf etwas feuchtes, glitschiges trat.

Jack hielt in all seinen Bewegungen inne. Er ging nicht weiter, atmete nicht, ja, er schlug noch nicht einmal die

---

* Nase

Augen zu. Statt dessen warf er einen vorsichtigen Blick auf den Boden vor sich. Im Dunkel des Raumes und zusätzlich auch noch von seinem eigenen Schatten bedeckt, bemerkte er einen tiefdunklen Fleck. Langsam trat er an die Seite. Ein Schmatzen war von seinen Schuhen zu hören. Außerhalb des Schattens erkannte er klar, in was er dort hinein getreten war. Eine dunkle Flüssigkeit sickerte unter der Türschwelle hindurch und hinterließ überall dort dunkel verkrustete Flecken, wo sie genügend Zeit gefunden hatte zu vertrocknen.

Obwohl das Licht nicht ausreichte, um die Farbe der Pfütze auszumachen, wusste Jack gleich, um welch eine Flüssigkeit es sich handelte.

Erst jetzt bemerkte der Detektiv die Stille, die sich im Raum ausgebreitet hatte. Die Glühbirne hatte aufgehört zu flackern und zu knistern. Auch Fifi kratzte nicht mehr an der Tür zum Windfang.

Die Flüssigkeit zu seinen Füßen was Jack wohlbekannt. Dieser Geruch konnte einfach nicht täuschen.

»Kaffee!« Er sprach die erschütternde Wahrheit aus. Seine Stimme klang erbittert, obwohl man sie auch als nachdenklich bezeichnen könnte. Er ließ sich auf die Knie herab und tauchte seinen kleinen Finger in die Brühe.

»Noch warm.«, führte er den dumpfen selbstgerichteten Dialog fort. Er stand wieder auf und griff nach dem Türknauf, fasste ihn und drehte langsam daran. Ein schrilles Quietschen erklang und führte dazu, dass Fifi in Gejaule ausbrach und immer wieder mit dem Kopf gegen die nächstbeste Wand rannte. *Pock pock pock*

Unbeeindruckt von diesem Verhalten fuhr Jack in ungesteigertem Tempo fort. *Pock pock pock*

Als Jack die Tür schließlich mit einem letzten finalen Quietschen aufschwingen ließ, gab Fifis mentale Kontrollfunktion ihren Geist auf. *Pock pock*. Der Hund rannte ein letztes Mal gegen die Wand, hielt dann inne, anstatt gleich neuen Anlauf zu nehmen, und kippte zur Seite weg.

Plumps. Die Ohnmacht bewahrte ihn vor allem, was nun noch kommen sollte.

Jack wurde nicht bewahrt. Wie angewurzelt stand er in Kaffeedurchweiten Schuhen im Durchgang der Tür. Vor ihm auf dem Boden lag der quallenartige Körper von Frau Mulpick inmitten der Pfütze aus Kaffee. Die Kaffeetasse musste ihr beim Sturz aus der Hand gefallen sein. Denn sie befand sich etwa einen Meter neben Frau Mulpicks regloser Hand. Die Tasse lag auf der Seite, von den Überresten des abgebrochenen Henkels gestützt. Eine Seite schien abgesplittert zu sein. Überall im Raum, der Küche von Frau Mulpick, befanden sich kleinere Splitter.

Jack sah, dass er nichts mehr für seine Auftraggeberin tun konnte. Aus ihrem Mund quoll heller Schaum. Ihre Zähne umklammerten noch immer ein Fragment der Tasse, das sie während der Todesqualen heraus gerissen haben musste. Ihre Augen waren weit geöffnet und starrten ins Leere.

Jack kotzte.

Als er fertig war, trat er vorsichtig über die Sauerei (sowohl seine als auch die mit Frau Mulpick) und betrachtete die beschädigte Tasse. Es war einer dieser zylindrischen Kaffeebecher. Ein Teil der Aufschrift war noch zu erkennen: ‚Konditorei Vol......önnen sie immer noch.'

»Nicht schon wieder!« Jacks Bitte kam etwas zu spät. »Na schön. Es muss etwas mit dieser verdammten Tasse zu tun haben. Schauen wir doch mal nach.« Vorsichtig und auf Zehenspitzen, um ja keine Spuren zu verwischen oder zu hinterlassen, näherte Jack sich den Wandschränken, die entlang der (wie soll es auch anders sein) Wände angebracht waren. Wie auch die andere Einrichtung waren sie aus einem undefinierbaren dunklen Holz gefertigt. Jack öffnete einen nach dem anderen, fand Geschirr und Gewürze und auch Gläser. Schließlich hatte er alle bis auf den letzten Schrank geöffnet. Dort mussten sie sein. Wenn Frau Mulpick mehrere dieser Tassen besaß, dann musste die

Tasse nicht unbedingt etwas mit dem Mord, denn dies war es nach Jacks Überzeugung, zu tun haben. Es gab schließlich mehr als genug mögliche Täter. Doch wenn sie keine solchen Tassen besaß, dann war es nur wahrscheinlich, dass sie von einer ganz bestimmten Person umgebracht worden war.

Jacks Hand näherte sich nun also dem Schrank über seinem Kopf. Irgend etwas schien dahinter zu klimpern. Mit einer plötzlichen Handbewegung riss er die Schranktür auf. Im Schatten des Schrankes erkannte er, dass es sich um Tassen handelte. Um Kaffeetassen. Doch mehr als die Form konnte er nicht ausmachen, denn mit einemmal, Sekundenbruchteile nachdem er den Schrank geöffnet hatte, schienen sich die Tassen alle miteinander aus ihrem Versteck zu stürzen. Jack riss die Arme hoch und versuchte, der sich auf ihn stürzenden Schar auszuweichen.

»Ah, Herr Paul. Sie also mal wieder.« Es war der freundliche Polizist von nebenan. »Würden sie vielleicht so freundlich sein, diese unangemeldete Zusammenkunft aufzulösen?« Um seine Worte zu unterstreichen, schwang der nette Freund und Helfer einen gefährlich aussehenden Schlagstock mit gummiverstärkter Oberfläche und eingebauten Bleigewichten, für eine stärkere Wucht beim Einsatz, vor seinem wutverzerrten Gesicht.

»Nun, haben sie denn eine Genehmigung für diesen Einsatz, Herr Wachtmeister?«

Der gefährlich aussehende Schlagstock mit Gummiverstärkung und Bleigewichten zeigte ihm seine Genehmigung, und Pauls Fackel war Geschichte.

»Tja, das ist zwar nicht nett, aber in Anbetracht unserer leicht brüchigen Knochen wird es wohl reichen müssen.« Der alte Mann wandte sich zu seinen Mitstreitern um. »Bon, das war's fürs erste. Machen wir, dass wir wegkommen. Au Revoir, Herr Wachtmeister.«

Langsam rollten die Rentner ihre Banner ein und packten die Schilder weg. Dann begannen sie, durch den Park in Richtung Vorsinfel-Straße zu schwanken, humpeln und hinken.

Dem freundlichen Polizisten, dem das alles viel zu schnell gegangen war, ging es nicht schnell genug.

»Na los Männer, macht ihnen Beine! Und schön auf die Krücken zielen!«

Und so gab sich der freundliche Polizist wieder seiner Lieblingsbeschäftigung hin: Schmerzhafte, brechende Geräusche zu verursachen.

Hustend setzte Jack sich auf. Feiner Staub waberte in der Luft. Jack wedelte ihn mit den Händen beiseite, hustete noch einmal und beobachtete die Staubwolke, die er dabei ausgespuckt hatte. Um ihn herum hatten sich die Tassen in feinste Splitter zerlegt. Auch das Telefon auf der Anrichte unter dem Schrank gab aus seinen offengelegten Innereien nur noch sporadisch Töne von sich.

Ächzend stand er auf und klopfte sich Kaffeetassensplitter aus seinem weiten Hemd, heute mit blauen Blüten und grünen Palmwedel auf rotem Grund.

»Das geht zu weit, Frau Somby!«

Entschlossen, die Verantwortliche zur Rechenschaft zu ziehen, rückte er seine Kleidung zurecht, stapfte mit kräftigen Schritten los und fiel mit der Nase in sein Erbrochenes.

[...]

Sokrates und Glaukon saßen wieder einmal am Lagerfeuer beisammen. Platon hatte sich in einem Gebüsch versteckt und schrieb eifrig mit. Sokrates hatte soeben eine Ausführung über irgendwelche Leute, die in irgend so einer Höhle hockten, beendet und erläuterte seinem Freund den tieferen Sinn, den er darin sah.

So.:   *Wir müssen daher so hierüber denken, wenn das Bisherige richtig ist, daß die Unterweisung nicht das sei, wofür einige sich vermessen sie auszugeben. Nämlich sie behaupten, wenn keine Erkenntnis in der Seele sei, könnten sie sie ihr einsetzen, wie wenn sie blinden Augen ein Gesicht einsetzten.*

Gl.:   *Das behaupten sie freilich.*

Wie immer hatte Glaukon, etwas von Sokrates' umständlichen Formulierungen genervt, aufgegeben zuzuhören und gab ihm einfach recht.

So.:   *Die jetzige Rede aber deutet an, daß dieses der Seele eines jeden einwohnende Vermögen und das Organ, womit jeder begreift, wie wenn ein Auge nicht anders als mit dem gesamten Leibe zugleich sich aus dem Finstern ans Helle wenden könnte, so auch dieses nur mit der gesamten Seele zugleich von dem Werdenden abgeführt werden muß, bis es das Anschauen des Seienden und des glänzendsten unter dem Seienden aushalten lernt. Dieses aber, sagten wir, sei das Gute; nicht wahr?*

Glaukon gab ein gepresstes "Ja." von sich. Das 'Gute' hatte es ihm angetan.

In diesem Moment tauchte mit einem Blitz die Zeitmaschine hinter Glaukon auf. Paul stieß ihre Tür auf und fegte den armen Kerl damit zur Seite. Er flog gegen Diogenes' Tonne und stieß sich den Kopf. Dann blieb er bewegungslos liegen.

Paul: *Ah, Sokrates, guter Freund. Beschwatzt ihr wieder eure Gefährten?*

Diogenes streckte den Kopf aus der Tonne. Da es Nacht war, stand ihm niemand in der Sonne und so zog er sich gleich wieder zurück.

So.:   Ich erläuterte Glaukon gerade mein Höhlengleichnis, doch fürchte ich, er hat es noch nicht ganz verstanden.

Paul: Manche Leute sind eben doch auf den Kopf gefallen.
        Er lachte.

Paul: Mich verstehen die Leute auch nicht. Hab grad eben versucht die Städtische Grundschule wegen Verdummung zu verklagen. Hat nicht geklappt. Also dachte ich mir, ich schau mal vorbei und sehe nach, wie es dir so geht.

So.:   Wie ihr seht, fühle ich mich vortrefflich.

Was man von Glaukon nicht sagen konnte. Zum Glück hatte Hippokrates ihn inzwischen bemerkt und eilte herbei. Er hatte sich nämlich geschworen, allen zu helfen.

Unterwegs stieß er Heraklit zur Seite, der sich gerade in einen Busch erleichterte und irgendwas von wegen 'Alles fließt' murmelte. Platons Aufzeichnungen wurden dadurch zunichte gemacht und er kam fluchend zu der Einsicht, dass er langsam selbst anfangen musste zu philosophieren. Doch dazu würde erstmal diese Ideenleere in seinem Kopf verschwinden müssen.

Paul: Sagt, wo ist eigentlich Epikur?

So.:   Soeben ward er noch bei den Stoikern. Oh, seht da, er kommt schon!

Paul: Epi, wie geht's?

Epi.:   Jo, spitze! Das Zeug ist toll. Hier, nimm doch auch was.

Er warf Paul ein Bündel Gras hin. Dieser fing es geschickt auf und machte sich sogleich daran, eine Tüte zu basteln.

Epi.:   Die Typen sind echte Spaßkiller. Ich hab ihnen ihre ganze Halle mit dem Zeugs da voll geräuchert und die sitzen einfach mit stoischen Mienen da…

Sokrates sah sich suchend um.

So.:   Ich werde meiner eigenen Lust frönen. Hier müsste
         doch irgendwo noch ein Lustknabe rumlungern.
   Er erblickte den jungen Platon, der sich hastig davonschlei-
chen wollte. Sokrates sprang auf und lief hinterher.
Paul: Ich sag dir Epi, irgendwann ist das noch sein Tod....
         Hast du Feuer?

   […]

   -Paul »Von den Menschen und der Bildung«

5

Jack fuhr mit seinem Cabrio, dessen Baujahr ja so ungeheuer wichtig war, zurück zum Dould-Park, schnitt unterwegs eine Limousine und hielt schließlich mit quietschenden Reifen vor der Konditorei Volke.

Irgend etwas schien sich verändert zu haben. Er blickte suchend ins Schaufenster, das aber nur den Park hinter Jack spiegelte. Das war es. Jack drehte sich langsam um. Es waren die Geräusche, die ihn irritierten. Oder besser, die Stille. Normalerweise war in diesem Teil der Stadt das Gurren der Tauben ununterbrochen zu hören. Und heute Morgen war es sogar noch lauter gewesen. Jack konnte sich noch gut an die Mahnwache erinnern. Die ganze Nacht, bis in den Morgen hinein hatten die Alten sich entlang des Parks versammelt. Allen voran natürlich Paul. Das Schattenspiel ihrer Fackeln auf den Fassaden der umgebenden Häuser hatte allem eine sehr bedeutende Atmosphäre gegeben. Wer keine Fackel hielt, hatte seine Meinung auf Schildern und Transparenten zum Ausdruck gebracht. Alles begleitet von langsamen, rhythmischen Sprechchören. Im richtigen Takt, zum Mitklatschen. Die Indoktrination durch das Musikantenstadel und ähnliche bornierte Institutionen blieb nicht gänzlich unwirksam.

Doch nun lag der Park still da. Ein kalter Wind kam auf und wehte zerfetzte Banner über die Straße. Zerbrochene Schilder und umgeknickte Krücken lagen am Straßenrand, zusammen mit anderen hastig zurückgelassenen Gehhilfen. Was auch immer geschehen war, es muss sehr schnell gegangen sein. Weit und breit war keine Menschenseele zu erkennen.

Er begann leicht zu regnen. Jack fluchte. Musste es ausgerechnet in der Szene regnen, in der er gerade in seinem schicken Cabrio saß? Sein Faltdach war schon seit Monaten kaputt, also brachte er zumindest seinen Körper in Sicherheit und lief zum Eingang der Konditorei.

Inzwischen war es Mittag geworden und so musste Jack einige Zeit mit seinen Fäusten gegen die Eingangstür hämmern, bis Frau Somby diese endlich öffnete. Während er in den dunklen Raum trat, kam ihm der Gedanke, dass es vielleicht doch nicht solch eine gute Idee war, sich alleine zu einer zweifachen Mörderin zu begeben. Doch dann war er drinnen und die Tür fiel hinter ihm ins Schloss.

»Es freut mich, dass sie kommen, Herr Boldewig. Wo wird denn nun die Testamentseröffnung stattfinden?«

???, dachte sich Jack.

»Entschuldigen sie bitte? Was meinten sie?«, sagte er.

»Sie waren doch schon gestern hier, um mir zu sagen, dass Herr Volke mir etwas hinterlassen hat. Ich hab ihnen doch auch erzählt, dass ich ihm meine Liebe eigentlich verheimlichen wollte. Aber er muss es wohl gemerkt haben, was?«

!!!, dachte Jack nun. Hieß das, sie war keine Mörderin? Aber warum musste Frau Mulpick dann gerade nach seinem Anruf bei ihr sterben?

»Warten sie, ich hole uns etwas Kaffee.«

Als sie wieder kam, stand Jack noch immer bewegungslos im Raum und grübelte über die veränderte Situation.

»Kommen sie doch, setzen sie sich!«

Jack musste ihr wohl die Wahrheit erzählen. Etwas anderes fiel ihm im Moment nicht ein.

»Also gut, Frau Somby. Ich muss ihnen leider sagen, dass hier ein Missverständnis vorliegt.«

Die kleine Frau blickte von den Kaffeetassen, die sie gerade füllte, auf.

»Was für ein Missverständnis? Wusste er nichts davon? Dann hab ich ihnen ja alles verraten. Bitte, sie müssen mir versprechen, nix weiter zu sagen. Das würde meinen Ruf…«

»Frau Somby«, unterbrach Jack den sich abzeichnenden Redefluss, »Ich bin nicht wegen Herrn Volkes Hinterlassenschaften hier. Ich arbeite als Detektiv im Auftrag von Frau Mulpick. Nun, ich habe in ihrem Auftrag gearbeitet.« Frau Somby schob ihm eine der Tassen zu. Sie hatte die Aufschrift… na ja, die kennen sie ja inzwischen.

»Frau Mulpick ist tot. Und ich halte sie für die Mörderin, von ihr wie auch von Herrn Volke.«

Wäre es nicht so dunkel in der Konditorei gewesen, hätte Jack sehen können, wie sich Frau Sombys Augen weiteten.

»Ich? Warum sollte ich denn?« Ihr Stimme klang empört. »Also, so was muss ich mir nicht gefallen lassen. Sie haben doch gar keine…«

»Doch, ich habe Beweise. Bei Herrn Volkes Leiche habe ich eine Kaffeetasse entdeckt.«

»Das beweißt doch gar nix. Die hätt' er doch auch trinken können.«

»Nein, er hatte eine Kaffeeallergie. Das müssten sie auch wissen, denn schließlich hat er sie aus diesem Grund eingestellt.«

»Ja, vielleicht hab ich die ja da stehen lassen, am Tag zuvor.«

»Das kann leider auch nicht sein, Frau Somby. Der ganze Raum war von einer feinen Schicht aus Mehl bedeckt, nur die Tasse nicht. Das zeigt doch, dass sie erst nach Herrn Volkes Arbeit, also erst, als er tot war, dort abgestellt worden war.«

»Dann muss der Mörder noch einen Kaffee getrunken haben.«

»Ja, genau, sie haben Kaffee getrunken. Der Mörder soll angeblich die Hintertür aufgebrochen haben, mit dem Brecheisen, das Herrn Volke später zum Verhängnis wurde. Meinen sie, der Mörder sei erst an Herrn Volke vorbei marschiert, um sich einen Kaffee zu holen?«

Frau Somby starrte ihn nur verbittert an.

»Sie haben den Kaffee getrunken, so wie sie es immer tun. Wenn sie mich jetzt bitte nach hinten lassen würden. Ich bin mir sicher, dass sie nicht daran gedacht haben, sie weg zu räumen. Und sie trägt sicher nur ihre Fingerabdrücke.«

Frau Somby schaute sich hilfesuchend um. Ihre Hände umklammerten die Kaffeetasse vor ihr.

»Möchten sie nicht erst einmal einen Schluck trinken?«

»Nein, ich trinke keinen Kaffee mit ihnen.«

Die rundliche Frau seufzte. Dann nahm sie einen tiefen Schluck aus ihrer Kaffeetasse.

Auch Herr Tatuetada führte gerade eine Kaffeetasse an seine Lippen. Es befand sich in seinem Büro bei einem zweiten Frühstück mit Teigkringeln und Kaffee. Aus seiner Tasse stand aber: ‚PvH – Polizei von Heidhausen'.

Plötzlich griff er zu dem Telefon auf seinem Tisch und wählte die Nummer seiner Lieblingseinheit.

»Ja, hier Abteilung für alles, was Spaß macht.« Meldete sich eine schläfrige Stimme aus dem Apparat. Es war die Stimme eines freundlichen Polizisten. Dieses freundlichen Polizisten.

»Hier ist Polizeichef Tatuetada.«

»Oh, guten Tag, Sir. Hier spricht Wachtmeister Haudrauf, Sir. Abteilung für Auflösung, Zerschlagung und überraschende Eingriffe.«

»Sehr schön, Herr Haudrauf. Wie lange brauchen sie, um ihre Männer einsatzbereit zu haben?«

»Wir sind immer bereit, Sir. Lassen sie sie mich nur kurz wecken, es war ein anstrengender Morgen.«

»Sehr schön. Seien sie in einer viertel Stunde beim Dould-Park. Wir müssen einen Mörder verhaften.«

»Jawohl, Sir. Aber wie kommen sie darauf?«

»Nennen sie es Institution.«

Einige Kilometer entfernt und viele hundert Meter höher im Kloster der Serpentinermönche brach Abt Sarve'Curfe in schallendes Gelächter aus.

»Warum nicht: Nennen sie es Instruktion.«, kicherte er. Dann fiel er aus seinem Thron und brach sich die Nase.

In der Konditorei Volke war der Teufel los. In Gestalt von Frau Somby. Sie hatte Jack den Inhalt ihrer Kaffeetasse ins Gesicht geschüttet und die Tasse anschließend vorsichtig auf die Theke gestellt. Jack wischte sich gerade die schwarze Brühe aus dem Gesicht, als die rundliche Furie sich auf ihn stürzte. Er wurde von seinem Stuhl gerissen und beide landeten auf dem Boden. Jack versetzte der Angreiferin einen wütenden Tritt, doch dieser schien sie nur noch mehr anzustacheln. Sie rappelte sich hoch, wich einem zweiten Tritt aus und ließ sich mit einem Sprung auf den Detektiv fallen. Jack rollte im letzten Moment zur Seite und stieß mit der Schulter an die Theke.

»Hören sie, es hat keinen Zweck. Die Polizei wird jeden Augenblick hier sein.«

»Oh jaaahahaha.«, rief Frau Somby durch ein Büschel wild vor ihrem Gesicht hängender Haare. »Sollen sie nur kommen.«

Irgendwas stimmt nicht mit dieser Frau, dachte sich Jack.

»Wir können das ganze doch wie zwei normale Menschen regeln.«

Sie schlug ihm ins Gesicht.

»Autsch. Ich meine, wie zwei vernünftige Menschen.«

»Dafür ist es… ZU SPÄT hihihihhihi« Die Frau tauchte aus der Dunkelheit auf und stürmte mit dem Kopf zuerst auf Jack zu. Der Angegriffene sprang zur Seite, Frau Somby hinterließ eine große Delle in der Theke und sank benommen zu Boden.

Jack suchte irgend eine Art Waffe, fand die Kaffeetasse und holte mit ihr aus.

»Neiiiinn«, kreischte die am Boden liegende.

Jack hörte nicht auf sie und schmiss die Tasse gegen ihren Kopf. Splitter verteilten sich auf dem Boden. Frau Somby bewegte sich nicht mehr.

Nach kurzer Zeit hatten die hinter der Theke aufgestellten Tassen aufgehört zu klappern und Stille breitete sich im Raum aus. Jack blickte an sich herab. Sein Hemd war zerrissen und seine Hände zitterten. Vielleicht waren die langweiligen Aufträge doch die besseren.

»Alles bereit?«

»Jawohl, Sir.«

»Gut, dann wollen wir mal auf unser Schätzchen warten.«

Die Sondereinsatzkräfte waren jetzt schon zum zweitenmal an diesem Tag im Dould-Park eingetroffen. Doch dieses mal galt es nicht, eine gefährliche Demonstration aufzulösen, sondern einen Mörder zu verhaften.

Polizeichef Tatuetada ließ sich das Schauspiel nicht entgehen und hatte sich breitbeinig hinter einem Mannschaftswaren der Polizei aufgebaut. Neben ihm stand der kräftig gebaute freundliche Polizist namens Haudrauf. Das Wetter hatte sich inzwischen wieder gebessert. Zwar war es noch immer bewölkt, doch es regnete nicht mehr. Die gespenstige Stille hatte den Park noch nicht verlassen.

»Gehen sie noch einmal alle durch.«

»Ja, Sir.« Er griff nach seinem Funkgerät. »Scharfschützen?«

Das Funkgerät erwachte knisternd zum Leben.

»Affe eins, klar.«

»Affe zwei, klar.«

Die beiden Scharfschützen hingen in zwei der unzähligen Bäume des Dould-Parks. Es befanden sich leider keine Häuser gegenüber ihrem Ziel, einer kleinen aber feinen Konditorei. Auf deren Dach befanden sich zwei weitere.

»Taube eins, klar.«

»Taube zwei, klar.«

»Sturmkommando?«

»Roger, wir sind soweit.« Zur Bestätigung winkte der Chef dieser Gruppe aus dem Gebüsch, in dem er und seine Männer sich versteckt hielten, in Richtung Fuhrpark.

Insgesamt hatten sich hier sechs Wagen versammelt. Drei Mannschaftswagen, um die ganzen Leute aufzunehmen, ein kleineres Fahrzeug für Wachtmeister Haudrauf, der Wagen von Polizeichef Tatuetada und schließlich ein Fernsehwagen in Polizeibesitz, der den gesamten Einsatz filmen sollte. Polizeivideos waren hoch im Kurs bei einschlägigen Privatsendern.

»Ich heiße nicht Roger!«

»Verstanden, Roger.«

Beleidigt schaltete Haudrauf das Funkgerät ab.

»Sie sind alle bereit, Sir.«

»Sehr schön, das freut mich. Dann warten wir doch einfach mal, bis die Zielperson aufkreuzt.« Tatuetada zog ein Opernglas aus einer Tasche und beobachtete den Eingang der Konditorei. Sein Magen gab fordernde Geräusche von sich. »Ach, und bringen sie mir eine Tasse Kaffee, bitte.«

»Jawohl, Sir.«

Zwei Minuten später kam Wachtmeister Haudrauf mit einer dampfenden Tasse Kaffe, ähnlich der, die gerade langsam in Tatuetadas Büro auskühlte, vom Fernsehwagen zurück.

»Hier, bitte sehr, Sir.«

»Oh, vielen Dank.« Der Polizeichef Blickte nicht einmal vom Eingang der Konditorei weg. Was dazu führte, dass sich die Tassenübergabe recht schwierig gestaltete. Beide Männer verbrannten sich die Hände, ließen die Tasse jedoch, aus verschiedenen Gründen, nicht fallen. Schließlich hatten sie es geschafft. Tatuetada blies sanft in die Tasse, um sich nicht auch noch die Lippen zu verbrennen. Seine Augen blieben weiter auf die Konditorei fixiert.

Mit einem Mal öffnete sich die Tür und eine undeutlich zu erkennende Gestalt in einem zerrissenen, vor allem roten Hemd trat vor die Tür. Überrascht blies Tatuetada zu fest in die Tasse und verteilte brennende Schmerzen über seiner Hand. Er ließ sich aber nichts anmerken, sondern bellte in das von Wachtmeister Haudrauf hingehaltene Mikrofon.

»Los Männer, nehmt dieses Stück Abschaum fest. Und vergesst nicht, ihm seine Rechte vorzulesen.«

Die Gestalt in der Tür, bei der es sich natürlich um Jack handelte, wusste nicht, was plötzlich los war. Von überall stürmten schwerbewaffnete Männer auf ihn zu und riefen durcheinander. Kameraobjektive surrten, als sie Jack von ihren versteckten Positionen aus scharf zu stellen versuchten. In einiger Entfernung standen zwei Personen, genauso wie die auf ihn zu Stürmenden in schwerer Ausrüstung und schusssicheren Westen. Eine davon nippte gerade an einer Tasse. Dann griff er an ein Megafon, dass der Mann neben ihm um den Hals trug.

»Ach was Leute, vergesst es. – Knallt ihn einfach ab!«

Die Sitze seines Wagens hatten den Regen gut aufgesogen und Jack kam es so vor, als würde er auf einem riesigen Schwamm sitzen. Er hatte es so gerade geschafft, davon zu kommen. Noch bevor die Heranstürmenden begriffen hatten, dass sie dieses mal keine Knochen brechen durften, war Jack in sein Auto gesprungen und losgefahren. Das Wasser, dass aus seinem Sitz gepresst worden war, als er auf diesem landete, hatte den Scharfschützen die Sicht genommen und Jack die Flucht ermöglicht. Da die Straße in Richtung Innenstadt von dem Fahrzeugpark abgesperrt war, hatte Jack wenden müssen und war ins Villenviertel zurückgekehrt. Die Entscheidung hatte sich als die bestmögliche herausgestellt.

Inzwischen war es Nachmittag geworden. Hier zeigte sich kein einzigen Wölkchen am Himmel, wie sich dass für solch eine Gegend gehörte. Vögel zwitscherten vergnügt und Jack ließ seine Hose im strahlenden Sonnenschein trocknen.

Die Polizisten, die Jacks Verfolgung aufgenommen hatten, standen noch immer an der Grenze zum Villenviertel. Auf der verregneten Seite. Polizeichef Tatuetada stapfte aufgebracht hin und her. Bei jedem Schritt spritzte Wasser auf und durchnässte die Hosenbeine der Umstehenden.

»Wie lange dauert das denn noch, Haudrauf?«

»Ich weiß es nicht, Sir. Es hieß, dass Bürgermeister Duwood erst nach dem Kaffee entscheiden würde.«

»Oh verdammt. Wir können hier doch nicht die ganze Zeit untätig rumstehen.« Der dicke Mann trat nach einer Pfütze und besudelte seinen Untergebenen dadurch von oben bis unten mit brauner Pampe. »Sind die anderen Straßen abgesperrt?«

»Ja Sir. Alles dicht. Der entkommt uns nicht, Sir.«

»Naja, immerhin.« Tatuetada hielt in seinem Auf- und Ab- Wandern inne. Er blickte durch den Film der senkrecht herabströmenden Regentropfen auf den Sonnenschein des Villenviertels.

»Ach, warum noch warten. Dieser Kerl ist gemeingefährlich.«, murmelte er vor sich hin. Dann wandte er sich um. »Los los los, Männer. Aufsatteln. Wir ziehen diesem Bastard das Fell über die Ohren.«

»Aber Sir. Wir können doch nicht ohne Erlaubnis des Bürgermeisters die Ruhe der wichtigsten Steuerzahler stören.«

Der Polizeichef machte eine wegwerfende Handbewegung.

»Papalapapp. Die hinterziehen doch eh alle.«

Jack saß noch immer mit heruntergelassenen Hosen in seinem Wagen, irgendwo in der Einfahrt einer der Villen. Die Polizei brauste mit blinkenden Sirenen heran.

Und Abt Sarve'Curfe sah all dies. Er saß inzwischen wieder – nun mit bandagierter Nase – auf seinem Thron und rieb sich die Hände. Es versprach spannend zu werden.

Jack hörte die Blaulichter schon von weitem. Wohl wissend, dass es knapp werden würde, griff er nach seiner Hose und zog sie umständlich im Sitzen an. Man muss schließlich den Jugendschutz im Falle einer späteren Verfilmung berücksichtigen. Der Held kann ja wohl kaum in Unterhosen über die Leinwand stapfen.

Anschließend drehte er den Schlüssel im Zündschloss.

Nichts geschah. Die Sirenen waren inzwischen ohrenbetäubend laut. Jeden Augenblick würde der erste Wagen in die Straße einbiegen. Jack schaute hektisch in den Rückspiegel. Noch war nichts zu sehen. Er versuchte noch einmal, den Motor zu starten. Er stotterte kurz, wurde leiser und erstarb. Dann heulte er plötzlich auf. Jack erkannte schon die Blaulichter, die die Eckvillen in pulsierendes blaues Licht tauchten. Eilig ließ er die Kupplung kommen und – würgte den Motor ab.

Die Polizeiwagen bogen um die Ecke. Reifen quietschten, Sirenen heulten. Dann plärrte auch noch ein Lautsprecher los: »*Sie haben keine Chance. Ergeben sie sich, heben sie die Waffe und werfen sie ihre Hände aus dem Fenster.*« Die Stimme gehörte zu Simon Seral. Er saß im ersten Wagen und dies war sein erster Einsatz. Also vergeben wir ihm. Insbesondere, da dies sein einziger Auftritt in diesem Roman sein soll.

Jack atmete tief durch. Ehrlich gesagt rang er panisch nach Luft. Mit zitternden Fingern griff er noch einmal nach dem Schlüssel und drehte ihn. Der Motor machte glucksende Geräusche, genauso wie der Abt, der sich vor Vergnügen in seinem Thron kringelte. Dann ein lautes Röhren. Jack warf einen Gang ein, die Kupplung kreischte (, Sirenen heulten, Reifen quietschten. Erst Schüsse donnerten durch die Luft, die ganze Palette eben). Dieses Mal funktionierte es. Jack gab Gas und der Wagen machte einen Satz nach vorne.

Bäume sind wichtige Pflanzen. Mit ihren Blätter wandeln sie Kohlendioxyd in Sauerstoff um. Ohne sie könnten wir nicht überleben.

Doch sie sind auch schön. Man kann sie stundenlang betrachten und die scheinbar willkürlichen Windungen ihrer Äste bewundern. Ihr dichtes Blattwerk schützt vor Regen oder spendet erfrischenden Schatten. Sie überleben unter den widrigsten Umständen, klammern sich an Felsen oder balancieren auf Sanddünen.

Doch sie haben einen entscheidenden Nachteil.

Sie stehen immer und überall im Weg.

Abt Sarve'Curfe verzog mitfühlend das Gesicht. Das hatte er nicht kommen sehen. Gelangweilt wandte er sich anderen, erregenderen Beobachtungen zu. Irgendwie schade, dass er und seine Mönche im Zölibat lebten. Doch andererseits war es besser so. Wenn man bedachte, dass sie es sonst ja immer mit ihren *Schäfchen*…

Jack hatte den Aufprall einigermaßen unbeschadet überstanden. Da er nicht angeschnallt gewesen war, wurde er durch die zersplitterte Windschutzscheibe geschleudert und landete weich in eine Pferdeförmigen Strauch. Genau genommen, in dessen Hinterteil. Die Polizeiwagen kamen mit quietschenden Reifen zum Stehen und schalteten die Sirenen ab. Zum Wohl der Atmsphäre ließen sie aber ihre Blaulichter eingeschaltet.

»Schaut euch dieses Stück Scheiße an.«, kicherte Simon Seral. Nun war er tatsächlich zweimal zu Wort gekommen.

Autotüren wurden geöffnet und wieder zugeschlagen. Dann näherten die Polizisten sich Jack mit vorsichtigen Schritten. Eine weitere Tür wurde geöffnet. Dieses Mal eine Haustür. Aus ihr schwankte eine fettleibige, übertrieben geschminkte Frau. Frau Mülpitz.

»Oh mein Gott. Was haben sie nur mit meinem Pressbaum angestellt. Holen sie ihn sofort da raus!«

Jack spürte wie sich mehrere Hände, von der schrillen Stimme dazu genötigt, um seine Beine schlossen. *Jetzt ist es aus*, dachte er. Verzweifelt klammerte er sich an den Ästen des Busches fest.

»Passen sie auf, dass er nicht die Pressnaht zu fassen bekommt.«

Doch es war schon zu spät. Jack wusste zwar nicht, was eine Pressnaht war, doch plötzlich hielt er sie in seinen Händen. Die Polizisten hinter ihm zogen mit einem kräftigen Ruck an ihm, er zog sich auf die gleiche Weise tiefer ins Innere des Busches. Die Pressnaht riss.

Was nun geschah, war ein einzigartiges Schauspiel. Überall entlang der Pflanzlichen Skulptur öffneten sich feine Risse und noch bevor irgend jemand dies realisieren konnte, platzte der Pressbusch auf. Meterlange Äste dehnten sich nach Jahren der Eingepferchtheit aus. Dabei machten sie ein Geräusch, das wohl am besten mit *zwusch* zu umschreiben ist. Der Busch schien mit Dutzenden von Armen gleichzeitig um sich zu schlagen. Polizisten flogen, von der jahrelang angestauten Energie getrieben, durch die Luft. Die Wucht des Aufpralls ließ sie bewusstlos über den Rasen verteilt niedergehen.

Jack hatte das Geschehen aus dem Inneren des Busches erlebt. Die Äste, die zuvor ein dichtes Gitterwerk gebildet hatten, waren fort und daher fand der Detektiv keinen Halt mehr. Er stürzte auf den trockenen Boden darunter. Dort blieb er einen Moment liegen. Als sich dann nichts mehr rührte – Frau Mülpitz war inzwischen in Ohnmacht gefallen. – öffnete er langsam die Augen, die er seit seiner Landung im Busch fest zugekniffen gehalten hatte. Überall im Vorgarten der Villa lagen Polizisten. Einer von ihnen hatte einen sehr dicken Mann, ebenfalls in Polizeiuniform, von den Beinen gerissen.

Jacks Wagen hatte sich um einen Baum gewickelt und machte keine Anstalten, diesen wieder frei zu geben. Da die ersten Polizisten begannen, sich stöhnend zu bewegen, entschied Jack sich für eine unbeobachtete Flucht zu Fuß. Er wusste zwar noch immer nicht, warum die Polizei hinter ihm her war, doch eines wusste er: Er steckte mächtig in der Scheiße.

Jack wandte sich Richtung Süden, da er hoffte, irgendwann auf die Vorsinfel-Straße zu gelangen. Dort würde er einen sicheren Unterschlupf bei Paul oder einem seiner anderen Freunde finden.

Einige Stunden später schlich Jack durch einen letzten ausufernden Garten und fand sich auf einer weiten grünen Wiese wieder. Hinter ihm erstreckten sich die Villen, doch in alle anderen Richtungen sah er nichts weiter als leicht geschwungene Hügel, die hier und da von Baumgruppen aufgelockert wurden. Nirgends zeigte sich ein Anzeichen der Vorsinfel-Straße oder ihrer Anwohner.

»Was zum Teufel…«

Jack blickte verwirrt auf die Uhr. Sie zeigte 11:03.

»Mist, stehen geblieben.«

Suchend schaute er sich nach der Sonne um. Mal schauen ob mir die Schulbildung doch mal weiter hilft, dachte der Detektiv. Die Sonne stand tief am Horizont und ließ diesen rötlich schimmern. *Es muss also schon recht spät sein. Gut.*

Die Sonne geht im Osten unter. Also ist dort Osten, Jack deutete mit dem ausgestreckten linken Arm in Richtung Sonne, *und hier,* nun richtete er seinen rechten Arm in einem 90-Grad-Winkel auf seinen linken aus, *hier ist Süden. Dort müsste die Vorsinfel-Straße verlaufen.* Jack blickte in die Richtung. Dann ließ er niedergeschlagen die Arme fallen. Irgendetwas konnte nicht stimmen. Dort waren nichts weiter als Hügel. Doch die Straße verlief viel weiter gen Osten als das Villenviertel. Irgendwo dort musste sie sein. *Vielleicht liegt sie hinter einem der Hügel versteckt,* überlegte Jack. Neuen Mutes marschierte er los.

Er kam nicht sehr weit. Kaum war er zehn Schritte gegangen, prallte seine Nase auf etwas Hartes. Ihrem Beispiel folgend kollidierte auch der Rest von Jacks Körper mit diesem Hindernis. Jacks neumutiger Schritt stellte sich als unangenehm flott heraus, denn der arme Detektiv wurde zurückgeworfen, fiel flach auf den Boden und blieb liegen.

Die Tauben waren in der Zwischenzeit nicht untätig geblieben. Sie hatten den Dould-Park verlassen und sich über die gesamte Stadt verteilt. Sie saßen auf Jagdgeschäften und taten es den Inhabern gleich: sie beschissen die Kundschaft. Andere ließen von jahrhundertealten Traditionen ab und zielten nicht mehr auf die Statuen der Mächtigen und Einflussreichen, sondern aus diese selbst. Auch Fahrzeuge von Politikern und sogar die der Polizei blieben nicht verschont. All dies veranlasste Bürgermeister Duwood eine weitere Sitzung einzuberufen. Für den nächsten Tag, denn es war ja schon spät.

Hoch über und am Rande der Stadt hatten sich die Serpentinermönche in ihrer großen Festhalle versammelt. Sie war in den rohen Fels des Berges gehauen und anschließend mit einer Fußbodenheizung, sanitären Anlagen und einer Bar ausgestattet worden. Auf elektrisches Licht hatte der Orden zugunsten der bewährten Wandfackeln verzichtet. Diese tauchten auch nun die Gesichter der in dunkle Roben gewandten Mönche in einen warmen, flackernden Schein. Beinahe der gesamte Orden war anwesend. Nur einige wenige Auserkorene durften die ehrenvolle Aufgabe ausführen, entlang der Stadtgrenzen zu patrouillieren, um zum Stolze der Bürger eventuelle Eindringlinge oder Verräter der Stadt in Gewahrsam zu nehmen: Sie hatten die Arschkarte gezogen.

»Meine lieben Brüder«, Abt Sarve'Curfe stand mit ausgebreiteten Armen auf der erhobenen Plattform des Festsaals. Seine Stimme klang nasal. »Wir sind heute hier zusammengekommen, um eine handvoll neuer Mitglieder in unsere Reihen aufzunehmen. Sie hatten den Mut, sich uns anzuschließen und sie haben unsere Sicherheitsprüfung überstanden. Sie sind weder vorbestraft, noch geistig labil oder gar Frauen.«

Im Raum, im dem bis auf das Flackern der Fackeln an den Wänden Stille herrschte, erhob sich für einen kurzen Augenblick ein enttäuschtes Raunen. Abt Sarve'Curfe grinste in sich hinein. Als allwissender hatte man so seine Vorteile. Ohne sich etwas von seinem inneren Grinsen anmerken zu lassen, wandte er sich mit steinerner Miene an die drei neben ihm Stehenden. In seinen Händen hielt er plötzlich ein dickes Buch.

»Schwört ihr aus DAS BUCH™?«

»Ja, wir schwören.«, antworteten die drei wie aus einem einzigen zittrigen Mund.

»Na, das ist ja toll.«, der Abt warf den Wälzer achtlos über sein Schulter und dachte dabei: *Tja, selber schuld.*

»Herzlich Willkommen!«. Er klatschte in die Hände. Von irgendwo ertönten Fanfaren. Die Masse der Mönche zu seinen Füßen warf ihre stoische Ruhe ab. In Ermangelung von Hüten warfen sie begeistert ihre Kapuzen in die Luft. Sie klatschten Beifall, tanzten zur beginnenden Musik und jauchzten fröhlich durcheinander. Der Abt warf seine Kutte ab und mischte sich nackt tanzend unter seine Mönche.

Nur die drei Neumitglieder standen unbewegt auf der Plattform und konnten das Schauspiel nicht fassen. Von den üblichen Anpassungsschwierigkeiten geplagt – Schwindel, Herzrasen und dem Gefühl, betrogen worden zu sein – ließ sich ein ehemaliger Kellner für Taube, der nun den Namen Bruder Midel'Streiven trug, auf dem Boden nieder und begann jämmerlich zu weinen.

Jack wurde durch ein undeutliches Stimmengewirr geweckt. Er wollte aufstehen, doch ein stechender Schmerz in seinem Kopf warf ihn zurück. Er beschloss, erst einmal liegen zu bleiben und heraus zu finden, wo, was und vor allem wer er war.

Es roch nach feuchtem Gras*. Über ihm glitzerten viele kleine Lichtpunkte. *Sterne*, fiel Jack ihr Name wieder ein. Er musste also irgendwo draußen liegen. *Er?* Jack war sich nicht sicher. Er griff sich an seine Brust. Eingefallen, wie immer. Gut. Er war also männlich.

Die Stimmen schienen sich zu nähern. Auf ein neuerliches aufwallen des Schmerzes gefasst richtete Jack sich langsam auf. Dieses mal war der Schmerz nur noch ein dumpfes Pochen im Hinterkopf. Jack erkannte die Gegend wieder. Und er erinnerte sich, warum er hier war, was er war. Alles fiel ihm mit einemmal wieder ein. *Muss ein ziem-*

---

* Also: Rasen, Wiese. Nicht das andere

licher Zusammenstoß gewesen sein. Hoffentlich hab ich keine Gehirnerschütterung. Der Schmerz war nun ganz verschwunden.

Er fragte sich, wogegen er nur gelaufen war. Langsam und bedeutend vorsichtiger als das letzte Mal schritt er wieder in die Richtung, in der er die Vorsinfel-Straße vermutete. Er war keine zwei Meter gegangen, als seine ausgestreckten Hände auf etwas Hartes stießen. Die Stimmen, die nun noch lauter zu hören waren, hatten ihren Ursprung irgendwo vor ihm. Doch er sah niemanden. Sie mussten ebenso unsichtbar sein, wie das Hindernis.

Ohne Warnung stieß jemand die Tür der unsichtbaren Wand vor Jack auf. Schwer getroffen segelte der Detektiv erneut zu Boden.

»Du scheinst ihn schwer erwischt zu haben, Jimbo.« Die Stimme in Jacks Ohren schien von weiter Ferne zu kommen.

»Ich wollt das nich. Woher sollt ich denn wiss'n, dass der vor dem Sichtschutz rumlungert.« Die zweite Stimme klang aufgebracht und besorgt zugleicht. Auch sie schien von weit weg zu kommen. Beide flüsterten.

»Jaja, ist schon gut. Aber was machen wir jetzt mit ihm?«

»Keine Ahnung. Wir sollt'n ihn wecken.«

»Und wie sollen wir das anstellen? Ihm einen Eimer Wasser über den Kopf schütten, oder wie?«

Die erste Stimme schien sich über die zweite lustig zu machen. Dieser fiel es aber allem Anschein nach nicht auf.

»Gute Idee.« Jack spürte einen kalten klebrigen Schwall in sein Gesicht platschen. Am liebsten hätte er laut aufgehustet, doch er wollte zunächst mehr über die Situation in Erfahrung bringen. Also bemühte er sich den Seifengeruch in seiner Nase zu ignorieren.

»Du Idiot. Und womit machen wir jetzt sauber?« Die erste Stimme war ganz eindeutig aufgebracht.

»Psst, ganz ruhig. Wir mach'n gar nich sauber. Wir fegen nur 'n bisschen, fischen das Laub aus den Pools und sammeln die Hundekacke ein.«

»Und überprüfen den Druck der Pressbüsche?«

»Ja, genau, du sagst es.«

Jack hörte, wie eine flache Hand und ein Hinterkopf einander näher kennen lernten.

»Das finden die heraus.«

»Nee, glaub ich nich.«

»Und warum nicht?« Die erste Stimme war wohl kurz davor zu explodieren.

»Weil die mich noch nie erwischt ham. Ich mach die Fenster nur jeden zweiten Tag.« Die zweite Stimme stieß – vermutlich als Reaktion auf den Gesichtsausdruck der ersten Stimme – ein amüsiertes Glucksen aus.

Jack spürte wie auf seinem Gesicht Seifenblasen herumrutschten. Ab und zu platzte eine kitzelnd.

»Sieh mal. Der rührt sich gar nich.«

»Auch das noch.«, flüsterte die erste Stimme. Man merkte ihr die Anspannung deutlich an. »Du hast ihn umgebracht.«

Jack hielt die Zeit für gekommen, sich auch einen visuellen Überblick zu verschaffen. Er öffnete langsam ein Auge.

Die Welt hatte sich verändert. Alles schillerte in bunten Regenbogenfarben. Die beiden Gestalten, die sich über ihn gebeugt hatten, waren im Dunkel der Nacht kaum zu erkennen. Aber für Jack sahen ihre verzerrten, sich hin und her windenden Körper abnormal aus. Jetzt beugte sich einer von ihnen über sein Auge. Dabei schwoll seine Nase auf beinahe bildfüllendes Format an, während der Rest des Kopfes sich von Jack zu entfernen schien. Die Nase war dunkelrot, wandelte sich dann in ein helles Blau und wurde schließlich gelb. Es musste wohl die zur zweiten Stimme gehörende Person sein, denn als sie ihren miniaturisierten Mund öffnete erklang diese.

»Guck mal da. Der hat 'n Auge auf und schaut mich an.«

»Wo?«

»Na da.« Ein winziger Finger erschien am Rand von Jacks Sichtfeld. Während der Finger ihm näher kam, schwoll er an. Bald war er so groß wie Jacks Auge. Doch er näherte sich noch immer. Dabei schillerte er in den verrücktesten Farben.

Plötzlich, als Jack nichts anderes als den Finger mehr sehen konnte, machte es *plopp*. Flüssigkeit spritzte durch die Gegend und der Finger nahm mit einemmal übliche Proportionen und Farben an.

»Och, jetzt hab ich die Seifenblase kaputt gemacht.«

Jack setzte sich ruckartig auf, was die beiden Gestalten veranlasste zurückzuweichen. Er schüttelte den Kopf, rieb sich die Augen und pulte in seinen Ohren, bis er sich so weit wie möglich vom Putzwasser befreit hatte. Dann funkelte er die beiden Männer an, die vor ihm mit ihren Füßen auf dem Boden scharrten. Um sie herum lagen verschiedene Putzmittel, Schaufeln und Eimer im Gras verteilt. Die Beiden steckten in verschlissenen, ehemals orangefarbenen Overalls. In zahlreichen Taschen schlummerten weitere Utensilien. Um ihre Hüften hatten sie sich Werkzeuggürtel geschnallt.

»Wer sind sie, verdammt noch mal?« Jack war selbst von seiner Lautstärke überrascht. Doch mit tropfenden Haaren, einem zerrissenen Hemd, zwei Beulen am Kopf und brennenden Augen konnte er sich das schon mal erlauben.

»Ich bin Jerry und das dort ist Jimbo.« Die Person mit der ersten Stimme deutete schüchtern auf den anderen Mann. »Wir arbeiten hier. Machen die Villen und so sauber.«

»Mitten in der Nacht?«

»Ja, wissen sie, die Anwohner könnten sich belästigt fühlen.« Er deutete auf sein Gesicht.

Erst jetzt realisierte Jack, dass die beiden eine dunkle Hautfarbe hatten. *Darum klangen die Stimmen, als würden sie von weit weg kommen.*

»Aber ihr Aussehen kann doch wohl nicht der Grund sein, warum…«

»Is er aber.« Meldete sich Jimbo zu Wort. »Und was könn' wir schon gegen unsre Besitzer tun.«

»Gegen ihre was?« Jacks Wut auf die beiden Gestalten ließ langsam nach und machte Unglauben platz. »Was soll das heißen: ihre Besitzer?«

»Na unsre Herren. Die, die hier wohnen, hamm zusammengelegt und uns gekauft. Und die behandeln uns gut. Besser als es uns auf 'ner Plantage bei den Amis gehen könnt.«

»Aber die Sklaverei wurde abgeschafft.«

Dies traf die Beiden wie ein Schlag. Nun waren sie an der Reihe, ungläubig zu gucken.

»Sie verarschen uns.«, meinte Jerry.

»Nein, tu ich nicht.«

Jimbo zupfte seinen Kollegen am Ärmel.

»Darum hamm' die immer aufgelegt, wenn wir drüben angerufen haben, auf den Plantagen.«

»Ja, das kann sein. Dann konnten wir gar nicht mit unseren Kollegen reden. Aber warum sind wir dann noch hier. Meinst du unsere Besitzer wissen nichts davon?«

»Das muss wohl so sein. Sonst wär'n wir ja nich hier, oder?«

»Stimmt. Dann werden wir es ihnen sagen.«

»Jo, dann mach'n wir das. Aber lass uns anrufen. Du weißt ja, unser Aussehen.«

»Ja, in Ordnung. Also gehen wir zurück?«

»Hm, ja, ich denk schon. Wir sind ja jetzt nich mehr versichert, nehm ich an.«

»Gut, dann gehen wir also.«

Jack, der während des Gesprächs in der Nase gebohrt hatte, beobachtete, wie die beiden geradewegs auf das unsichtbare Hindernis zuhielten.

»Halt, wartet! Da ist irgend etwas. Das hat mich schon zweimal umgehauen. Muss irgend ein Kraftfeld oder so sein.«

»Nene«, Jimbo machte eine beschwichtigende Geste, »das ist nur die Sichtschutzwand. Die ist da, damit die Reichen hier nicht auf die Vorsinfel-Straße gucken müss'n. Hier is ne Tür, siehst du?« Jimbo griff in die Luft. Seine Hand umschloss irgend etwas, drückte es herunter und mit einem leisen Quietschen schwang eine unsichtbare Tür auf. Eine Öffnung war nicht sichtbar.

»Hier ist angemalte Luft, nix weiter.«, sprach Jimbo und trat als erster durch selbige. Dann war er aus der Geschichte verschwunden. Jerry ließ seinen Werkzeuggurt ins Gras fallen und folgte ihm.

»Wenn sie wollen, kommen sie doch mit rüber.«

Jack ließ sich das nicht zweimal sagen und folgte Jerry. Kurz vor dem scheinbar offenen Durchgang hielt er noch einmal inne. Irgend etwas Schreckliches würde Geschehen, das wusste er. Doch was sollte er machen. Im ganzen Villenviertel wurde nach ihm gesucht. In der Ferne erklang das Bellen von Suchhunden. Jack atmete noch einmal tief durch, dann wagte er den Schritt.

Mit einem lauten, metallenen Knall stieß er mit seiner Stirn gegen die zu niedrige Tür. Beim zweiten Versuch duckte er sich tief genug und schaffte es, den Durchgang zu passieren. Die Tür fiel hinter ihm schwer in die Stahlwand. Während das dumpfe Dröhnen langsam nachließ dachte Jack sich: *So, da bin ich nun. In der gefährlichsten Gegend von ganz Heidhausen. Allein, und mitten in der Nacht.*

Barbarenschlächter, Barkour, *Vergangenheit*	44255555
Boldewig, Jack, *Hogul-Tower 17a*	5666 555
Curfe, Abt Sarve', *Auf dem Klerker 1*	3388833!
die Taube, Rrug, *Im Dould-Park*	44444777
Ted, *Im Dould-Park*	442228
Terr, *Im Dould-Park*	337777 2
Dourand, René, *Lafinn-Sudow Allee 40*	55577776
Doveld, Edward C., *Haubdschtrase 14*	66 77728
Duwood, Bürgermeister, *Rathausplatz 1*	87777433
Haudrauf, Wachtmeister, *Bei Mammi*	33388663
Herb, Volker, *Ganz-Woanders*	3366. 77
Jimmy, der alte, *Vorsinfel-Straße 348*	77222447
Leibeigener, Jerry, *Vorsinfel-Straße 465*	77334442
Jimbo, *Vorsinfel-Straße 465*	28 64447
Mulpick, Elisie, *Opulenallee 7*	77 36662
Mülpitz, Frau, *Opulenallee 23*	2244 224
Nahc, Plaper, *Auch bei Mammi*	448833 3
Saldra, *Hauptstraße 73*	34446633
Seral, Simon, *Nun hat er es ein drittes Mal geschafft...*	
Siemalda, Frau, *Vorsinfel-Straße 32b*	6244455
Snoezel, Benjamin, *Lafinn-Sudow Allee 54*	5, 32666
Somby, Verena, *Gruftaner Weg 15*	6 622224
Streiven, Midel', *Auf dem Klerker 1*	4 444222
Tatuetada, Polizeichef, *Polizeihauptquartier 1*	44 33882
Verimme, Frau, *Vorsinfel-Straße 32a*	2244 2233
Volke, Herbert, *Opulenallee 3*	55266668!

[...]

-Heidhauser Telefonbuch

6

Obwohl es schon weit nach Mitternacht war, feierten die Mönche des Serpentinerordens munter weiter. Inzwischen schwängerte Weihrauch die Luft, welche daraufhin ein weiteres Fallenlassen jeglicher Hemmungen seitens der Mönche gebar. Manche hatten sich bereits auf dem Boden des Saals eingefunden und schliefen laut schnarchend. Doch die meisten waren von den allgegenwärtigen Geruchsstoffen so sehr aufgewühlt, dass sie nicht einmal an Schlaf denken konnten. Sie sprangen wild durcheinander und miteinander, grölten Kirchen- und Sauflieder (wobei der Trend ganz eindeutig zu letzterem überging) und hatten eine Menge Spaß.

Nur einer von ihnen, sieht man von den armen Schweinen ab, die draußen in der dunklen Nacht ihren Dienst schieben mussten, feierte nicht mit. Es handelte sich um eines der neuen Mitglieder, Bruder Midel'Streiven. Er hatte sich leise von der aus dem Ruder laufenden Party entfernt und saß nun zusammengesunken auf dem Klo seiner Zelle.

Abt Sarve'Curfe wusste natürlich, was seine Mönche taten. Er war schließlich mitten unter ihnen. Doch er wusste auch, was Bruder Midel'Streiven gerade tat. Was ihn auf eine Idee brachte. Er entschuldigte sich bei den anderen, zog sich wieder an und begab sich dann zu Bruder Midels Zelle. Er schlich hinein und baute sich dann vor der Toilettentür auf. Dann öffnete er sie.

Bruder Midel blickte erschrocken von seinem Tun auf. Er war umgeben von Marienbildnissen aller Art.

»Hört auf zu w…, mein Sohn!«

Midel hielt in seiner rhythmischen Handbewegung inne. Sein Mund öffnete und schloss sich einige Male, doch er brachte keinen Ton heraus.

»Ich weiß, wie schwer es ist.«, redete der Abt ihm gut zu. »Vor allem am Anfang haben wir starke Probleme. Doch es freut mich zu sehen, dass du einen geistlichen Weg gefunden hast.« Er deutete auf die verstreut herumliegenden Bilder.

»Sage mir, was ist dein größtes Problem.«

»Ich ich ich…«, begann Bruder Midel.

»Ja, ich weiß was du meinst.« Der Abt merkte inzwischen, wie müde er sich fühlte und kürzte das Gespräch etwas ab.

»Du hast seit Tagen keinen Kaffee mehr getrunken, mein Sohn. Dies hat dein inneres Gleichgewicht durcheinandergebracht, nicht wahr?«

»Ja Vater, doch woher wisst ihr?«

»Es ist meine Aufgabe, Bescheid zu wissen.«

»Wenn ich wenigstens eine Kaffeetasse hätte. Dann könnte ich schwarzes Wasser rein tun und es mir wenigstens vorstellen.«

»Ja, das könntest du, mein Sohn. Doch wir haben hier keine Kaffeetassen.«

Bruder Midel blickte verständnislos zu seinem Abt auf.

»Aber warum nicht?«

»Ich denke, das weißt du genau.« Der Abt schenkte ihm eines seiner wissenden Lächeln. Dann fuhr er dem Mönch durch die Haare.

»Beendet euer Werk hier rasch und geht dann schlafen, mein Sohn. Die nächsten Tage werden für uns alle anstrengend werden.«

Mit diesen Worten wandte er sich um und verließ die Zelle.

Jack hatte sein durchweichtes Hemd ausgezogen. Der Geruch nach Seife haftete noch immer an ihm. Ratlos gab er den Versuch auf, sein ramponiertes Äußeres in einen einigermaßen annehmbaren Zustand zu versetzen. Helden werden im Laufe der Geschichte nun einmal immer hässlicher. Er konnte immerhin noch darüber glücklich sein, trotz einer Prügelei mit einer Wahnsinnigen und einem Frontalzusammenstoß mit einem Baum, einem Sichtschutz und einer unsichtbaren Tür nur einige unauffällige Kratzer im Gesicht zu haben. Das musste der Vorteil normaler Menschen gegenüber Leuten wie Arnold Schwarzenegger oder Harrison Ford sein.

Jack befand sich in einer kleinen Gasse, die von der Vorsinfel-Straße abzweigte. Die Häuser um ihn herum waren aus alten Ziegeln errichtet. Was auch immer diese früher für eine Farbe getragen hatten, inzwischen bedeckte sie eine alles vergrauende Schicht. Jack fühlte sich, als sei er in einem Film aus den 30er Jahren gelandet. Von irgendwoher wehten melancholischen Klänge. Jack scharrte mit seinen Füßen in der Dreckschicht des Bodens. Selbst die Abfälle waren hier grau und farblos.

Es war wirklich eine dunkle Gegend, in der er hier gelandet war. Die Tatsache, dass es Nacht war, verstärkte diesen Eindruck nur noch. Ein kühler Wind wehte von der stählernen Seite des Sichtschutzes herab und blies Jack vereinzelte Regentropfen ins Gesicht. Nichts erinnerte hier an den schönen Sommerabend, der sich auf der anderen Seite, nur einen Meter entfernt, ereignet hatte. Ein Grammophon spielte sanfte Töne zu Jacks Gedanken.

Eine Taube gurrte irgendwo. So aus seinen Gedanken gerissen, beschloss Jack keine Zeit mehr mit überflüssigen Überlegungen oder unnützer Sentimentalität zu vergeuden. Er schob sich vorsichtig an einem ausgebrannten Auto und diversen Haufen, deren Hauptbestandteile verrostende Eisenprodukte und alte Europaletten* zu sein schienen, vorbei. Jack blieb mit dem Hosenbein seiner Bermuda-Shorts an einem undeutlich zu erkennenden Vorsprung aus einem solchen Haufen hängen. Fluchend zerrte er sein Bein frei und zerriss sich damit auch noch seine Hose.

Mit Müh und Not erreichte er dann wutschnaubend die Vorsinfel-Straße.

Jack war noch nie nachts in den hinteren Bereichen der Vorsinfel-Straße gewesen. Selbst am Tag hatte er sich noch niemals weiter als fünfhundert Meter in diese Straße gewagt. Vor allem weil es hieß, in den hinteren Gebieten würde ewige Nacht herrschen. Und nachts, so sagte man sich, musste man hier um sein Leben fürchten. Vagabun-

---

* Wussten sie das die EU den Krümmungswinkel von Gurken normiert hat? Sie dürfen um nicht mehr als ein paar Grad pro Zehn Zentimeter von einer geraden Form abweichen. Ansonsten würde es Probleme geben, sie effektiv in einer Euro-Kiste zu verpacken, die wiederum auf die Euro-Palette passt, welche für den Euro-Container maßgeschneidert sind, damit dieser wiederum auf den Euro-LKW passt, der die Gurken über Euro-Autobahnen zu Euro-Bürgern karrt, die sich die Gurken in ihre Euro-genormten-Münder oder in ihre Euro-Sonstwas-Öffnungen (Sorry, ist mir so rausgerutscht.) schieben. Und das alles nur, damit die Euro-Politiker bei der nächsten Euro-Wahl von den Euro-Bürgern wiedergeeurot werden.
Und jetzt heiß unsere Währung auch noch Euro.
Ersetzen sie doch überall das Wort Euro durch die noch vor wenigen Jahren in Deutschland als allgemeingültiges Zahlungsmittel verwendete D-Mark. D-Mark-Palette, D-Mark-LKW, D-Mark-Container...
Da klingt Euro doch noch besser.
Aber um den Klang geht es gar nicht. Jetzt steckt in jedem zweiten Wort die Bezeichnung unseres Geldes. Archäologen, die uns in einigen hundert Jahren ausgraben werden, müssen denken, wir seien eine Gesellschaft aus unverbesserlichen Kapitalisten gewesen.
Vermutlich werden sie recht haben.

dierende Senioren lauerten unbekümmerten Besuchern in dunklen Ecken und Gassen, ähnlich der, aus der Jack nun vorsichtig auf die Straße spähte, auf und brachten sie, wenn nicht einfach so, dann doch zumindest um ihr Hab und Gut*.

Jack konnte den Initiatoren dieser Gerüchte ihre Meinung nicht verdenken. Die Straße sah in diesem Teil aus wie das schlimmste Ghetto nach der Detonation eines thermonuklearen Sprengsatzes. Dichte schwarze Rauchsäulen quollen wie die Abwehrflüssigkeit eines Tintenfisches aus durchlöcherten Fässern. Während sie, sich träge im Wind windend, nach oben schwollen, schwärzten sie die umgebenen Hauswände. Die lodernden Flammen, die aus den Löchern und Ritzen in den Fässer züngelten, warfen ihr schmutziges Licht auf die Gesichter jener, die durch das Soziale Netz gefallen waren. Fälschlicherweise für Tod erklärte und durch Systemabstürze aus der Rentenkasse Gelöschte** drängelten sich dicht aneinander, um einen Teil der kostbaren Wärme auf ihrer ledrigen Haut zu spüren. Von irgendwo her drangen lautlose Schreie an Jacks Ohr. Er hörte sie nicht. Die Feuer knisterten, doch niemand sprach ein Wort.

Es roch nach brennendem Diesel und Holz. Ab und zu trug der immer wieder in heftigen Böen heranbrausende Wind einen bestialischen Gestank heran. Jack konnte ihn nicht genau einordnen. Er hatte etwas totes, morbides. Aber auch Angst war beigemischt. Und was war das? Jack schnupperte. Es hatte was von... rücksichtloser... Bauernfängerei. Doch was roch so? Jack schob den Gedanken beiseite. Zögernd trat er aus dem Schutze des Schattens hin-

---

* soll heißen: wenn sie sie nicht umbrachten, dann brachten sie sie zumindest um ihr Hab und Gut. – ich hasse es, Witze zu erklären.
** auch hier zeigt sich, dass ein globales Umstellen auf ausgereifte Betriebssysteme so seine Vorteile haben könnte.

aus in die Dunkelheit der Welt*. Aus Furcht seine Kleidung könnte ihn verraten, drückte er sich an der Mauer eines Hauses entlang. Er wandte sich nach rechts, Richtung Dould-Park. In den Hauseingängen der vorletzten Jahrhundertwende kauerten schmutzige Wolldecken samt Bewohner. Jack blickte wieder einmal an sich herab. Ein zerrissenes Hemd um die Hüfte gebunden, stapfte er in verklebten Turnschuhen und einer verschlissenen Bermuda-Shorts durch die Gegend. Seine Haare, das fühlte er, standen ihm seit ihrer Begegnung mit dem Seifenschaum wirr vom Kopf. So konnte er unmöglich auffallen.

Er war vielleicht eine halbe Stunde von Schatten zu Schatten gesprungen und hatte sich schutzsuchend in Hauseingänge gedrückt, da löste sich das Geheimnis des Gestanks. Eine Windhose wirbelte raschelnd einige vergilbte Zeitungsseiten auf. *Ah, die Yellow-Press*, dachte er. *Warum bin ich nicht gleich darauf gekommen. Nur Boulevardzeitungen können so riechen.*

Der Abt und seine Mönche waren inzwischen alle schlafen gegangen. Auch Bürgermeister Duwood schlummerte gemütlich in seinem Bettchen. Die Polizisten hielten schnarchend um das Villenviertel herum verteilt Wache. Jeder außer Jack schien zu schlafen. Doch die beiden Gestalten, die schon seit einer ganze Weile Jack gefolgt waren, zeigten keine Anzeichen von Ermüdung.

»Sollten wir nicht langsam zuschlagen, Oberst?«, fragte einer von ihnen. Es war ein gedrungener Mann von etwa achtzig Jahren. Das schüttere weiße Haar stand ihm wirr vom Kopf. Seine immer weit aufgerissenen Augen starrten durch eine starke Brille, die sie noch weiter vergrößerten. Er stützte sich beim Gehen auf einen mit gefährlich aussehenden Nieten besetzten Stock. Sein Name war Crazy Karl.

---

* ist das nicht schön poetisch?

(oder auch Carl, wenn sie ein Fan von Alliterationen sind) »Wir laufen diesem Kerl jetzt schon seit einer halben Stunde hinterher. Wer weiß, was der vorhat. Wir müssen ihn unbedingt stoppen, sonst bringen wir die ganze Operation in Gefahr.« Das war wieder die raue Stimme von K(C)arl. Er kannte den Krieg. Bis zu seiner Pensionierung war er Synchronstimme in unzähligen Kriegsfilmen gewesen. Anschließend hatte er beim Oberst eine neue Aufgabe gefunden. Durch seine Erfahrung war er schnell aufgestiegen. Er musste jetzt zwar nicht mehr so viel reden, doch seine Stimme pflegte er tagtäglich mit selbstgebranntem Schnaps und massenweise Zigaretten. Nur im Einsatz, so wie jetzt, blieb er eisern.

»Nein nein nein, verdammt.«, entfuhr es dem Oberst gereizt. »Wir wollen erst einmal schauen, was der Mistkerl vorhat. Abgesehen davon: Ich habe hier das Kommando, Soldat.« Ja, das hatte er. Er hatte es immer gehabt. Er hatte in unzähligen Kriegen gekämpft und mehr Männer in den Tod geschickt, als er zählen konnte. Dieses dämliche Gerede, dass man sich an jeden Gefallenen erinnerte, hielt er für elende Gefühlsduselei. Im Krieg kam es nun einmal zu Verlusten. Und wo der Oberst war, da herrschte immer Krieg.

»Was zum Teufel macht der denn jetzt da?« nuschelte er an der Zigarre vorbei, auf der er herumkaute. Auf seinem Kopf trug er den Stahlhelm, den er bei seiner Entlassung hatte mitgehen lassen. Bei manchen Leuten weckte er Erinnerungen an einen Pisspott. Lange Zeit war er auch als ein solcher benutzt worden.

»Ich vermute, er geht einem dringenden Geschäft nach.«, kommentierte K(C)arl das Offensichtliche. Er hörte seine Stimme einfach zu gerne. »Ich empfehle dringend, jetzt zuzugreifen.«

»Nun, vielleicht haben sie recht, Soldat. Also gut. ANGRIFF!«

Jack wusste nicht so recht, wie ihm geschah. Plötzlich tauchten zwei grau uniformierte Männer aus dem Nichts auf und umstellten ihn. Sie hatten ihn im wahrsten Sinne des Wortes mit heruntergelassenen Hosen erwischt. Einer von ihnen starrte ihn aus weit aufgerissenen Augen an und bedrohte ihn mit einem unter das Waffengesetz fallenden Gehstock. Neben ihm baute sich gerade breitbeinig eine weitere, kleinere Gestalt auf. Sie hatte einen ausgeprägten Bauch, trug einen Pisspott auf dem Kopf und fuchtelte Jack mit einer Reiterpeitsche vor der Nase herum. An der Brust des Mannes war ein buntes Rechteck angesteckt. Im ersten Moment erinnerte es Jack an diese Dinger, die hohe Militärs mit sich herumschleppen. Je bunter desto wichtiger. Aber als der Mann zu sprechen begann, hüpfte es an seiner Brust auf und ab und klapperte. *Tabletten*, erkannte Jack. *Das Ding hat er sich aus Tabletten zusammengebastelt.*

»So mein Freundchen«, schnauzte der Oberst Jack an. Die Zigarre in seinem Mund sprang auf und ab. »Was hast du in dieser gottverlassenen Gegend zu suchen, hm?«

Jack wollte ihm sein Geld im Austausch für sein Leben anbieten, doch bevor er den Mund öffnen konnte, sprach der Oberst schon weiter.

»Nein, sag nichts. Ich weiß schon. Wie ein Zivi siehst du nicht aus. Ich denke, Duwood hat dich geschickt. Oder dieser Tatuetada. Tja, sieht so aus, als hättest du uns gefunden, was. Aber das wird dir nichts mehr nützen.« An Crazy K(C)arl gewandt fügte er hinzu: »Soldat, durchsuchen sie diesen Mann.«

»Mit Vergnügen, Sir«, manisch kichernd machte er sich ans Werk. Es war eine erniedrigende Erfahrung für Jack, darum will ich sie hier nicht näher beschreiben.

»Keine Wanzen, Sir. Nichts.«

»Na schön. Ich, der Oberst und Führer der GAF, erkläre sie hiermit für schuldig, taubenfeindliche Aktionen zu unterstützen und gegen den freiheitlichen Wiederstand der

Taubenfreunde Heidhausens zu agieren. Sie sind hiermit ein Gefangener der GAF.

Jack wurde gefesselt, geknebelt und ge-die-Augen-verbundet*. Anschließend führte man ihn durch die Gegend und sperrte ihn schließlich im Hauptquartier der GAF, einem heruntergekommenen Gebäude, das nur durch eine Seitengasse der Vorsinfel-Straße zugänglich war, in eine Zelle. Jack sah noch immer nichts. Aber zumindest hatten sie ihn nicht ge-die-Ohren-mit-Ohropax-ausgestopft. Jack hörte hunderte Tauben durcheinandergurren. Ein ununterbrochenes Rascheln und Trippeln kam von der Decke. Über ihm mussten die Tauben des Dould-Parks Zuflucht gesucht haben. Das war ja nur passend. Hatte dieser Oberst nicht irgend etwas von Taubenfreunden gesagt? Doch Jack konnte sich nicht erinnern, etwas gegen diese unternommen zu haben. Und für die Polizei arbeitete er auch nicht, ganz im Gegenteil.

»Hey, Leute, hier liegt ein Irrtum vor.«, wollte er rufen. Doch da er noch immer geknebelt war, klang es eher wie: »Hoh, Muoite, huer luaeght aen…« Er gab auf. Das Missverständnis würde sich sicher bald von alleine aufklären.

Der seltsam geformte Tisch im Besprechungszimmer von Bürgermeister Duwood war wieder besetzt. Es waren die selben Leute anwesend und alle hatten die gleichen Plätze wie beim letzten Mal eingenommen. Alle bis auf Plaper Nahc. Dieser hatte sich nun auf der anderen Seite von Polizeichef Tatuetada niedergelassen und versuchte, so unauffällig wie möglich auszuschauen. Abt Sarve'Curfe schlief mal wieder. Es war wirklich spät geworden, letzte Nacht. Der PR-Typ Snoezel pickte Staubflusen von seinem frisch gewaschenen Anzug. Tatuetada schien über seiner Kaffeetasse zu meditieren. Er konnte es noch immer nicht fassen,

---

* gibt es denn da kein Wort für?

dass dieser Mistkerl von einem Privatdetektiv ihm durch die Lappen gegangen war.

»Guten Morgen, meine Herren.«, begann Bürgermeister Duwood und stellte seine soeben geleerte Kaffeetasse mit einem lauten Knall auf den Tisch. Snoezel blickte erschrocken von seinem Ärmel auf, der Berater des Bürgermeisters duckte sich hinter Tatuetada. Der Polizeichef ließ von seiner Tasse ab und ging im Geiste noch einmal seinen Lagebericht durch. Abt Sarve'Curfe träumte ungestört weiter, von einer alles anderen als unbefleckten Zeugung.

»Wie sie alle wissen, habe ich diese Sitzung einberufen…« Duwood machte eine längere Pause. Vielleicht dachte er, so die Spannung zu erhöhen. »… um einen Ausweg aus der verschärften Situation zu finden. Polizeichef Duwood, wenn sie uns bitte in die neue Situation einweisen würden.«

»Es ist mir ein Vergnügen, Bürgermeister.« Der Abt kicherte leise im Schatten seiner Kapuze. Tatuetada erhob sich schwerfällig. Sein Bauch stieß gegen den Tisch und brachte diesen gefährlich ins Schwanken. Seine Unachtsamkeit verfluchend zog er ihn wieder ein. Er spürte bereits Duwoods kritisch abschätzenden Blick auf sich lasten. Der Bürgermeister blickte einige Male zwischen seinem Bauch und dem des Polizeichefs hin und her, dann schien er beruhigt und lehnte sich zurück.

»Die Situation in der Stadt sieht wie folgt aus.« Tatuetada war inzwischen an einen großen Plan der Stadt getreten, der - bisher unerwähnt - an einer der Wände im Raum hing.

»Die Taubenplage hatte ihren Ursprung hier.« Er deutete auf den Dould-Park. »Vor allem durch Fütterungen durch große Teile der Bevölkerung des Senilenviertels«, seine Hand glitt entlang der Vorsinfel-Straße, »kam es zu einer explosionsartigen Vermehrung. Dies hatte, neben verstärkten Beschwerden aufgrund der Lärmbelästigung durch gurrende und fliegende Tauben, auch zur Folge, dass viele Oberflächen von den Vögeln als Latrinen verwendet werden. Insbesondere das Barkour-Denkmal ist diesen ständigen Angriffen schutzlos ausgeliefert.«

»Herr Tatuetada. Das ist ja alles schön und gut, aber soviel wussten wir auch schon vorher.« Snoezel blickte nicht einmal von seinem Anzug auf. Er hatte gerade einen wirklich überwältigenden Fussel entdeckt, der vorwitzig aus seinem Ärmel herausragte. Er schien sich irgendwo verkantet zu haben, denn auf Snoezels leichtes Zupfen hin, löste er sich nicht.

»Ich wollte nur gerne den zeitlichen Ablauf der Ereignisse deutlich machen, denn ich glaube dort ein Muster zu erkennen.«

»In Ordnung, ich verstehe.« Snoezel zerrte nun heftiger an dem Faden.

»Also gut. Vor vier Tagen ist dann ihr neues Notstandsgesetz in Kraft getreten, Herr Bürgermeister.«

»Das war vor drei Tagen.«, mischte sich Plaper Nahc ein. Zwei Plätze von seinem Arbeitgeber entfernt entwickelte er richtig Mut.

»Oh, ja, da haben sie recht. Also gut. Das Gesetz ist vor drei Tagen in Kraft getreten. Es hat augenblicklich eine Protestwelle der Tauben fütternden Bevölkerungsteile ausgelöst. Die Demonstranten gingen mit äußerster Härte vor und griffen sogar Polizeibeamte an. In Anbetracht der großen Zahl der Demonstranten verzichteten wir jedoch erst einmal auf ein schnelles Eingreifen.

Am nächsten Tag kam es dann hier«, er markierte einen Punkt im Dould-Park mit einer Stecknadel. »zu einem ersten Abschuss. Als Reaktion darauf wurden die Proteste ausgeweitet. Eine Mahnwache bildete sich entlang der Vorsinfel-Straße und der Opulenallee. Diese sollte aber nach unserer Ansicht nur die Parkbesetzer decken. Wir sahen uns gezwungen, gestern Vormittag einzuschreiten. Die Demonstration wurde erfolgreich zerschlagen. Die Greise sind in ihr Viertel zurückgekehrt. Als Vorsorge gegen weitere Eskalationen haben wir die Vorsinfel-Straße abgesperrt.«

»Dann ist doch alles in Ordnung.«, bemerkte Snoezel. »Wir sollten und jetzt nur noch um die Wählermeinungen kümmern. Mein Vorschlag ist, die Wahl unter der Begründung, dass wir erst die Tauben-Krise bewältigen müssen, zu verschieben. Nach meinen Berechnungen reicht ein Aufschub von einem viertel Jahr. In dieser Zeit würde eine ausreichende Anzahl der Taubenfütterer wegsterben, sodass sie keine Bedrohung ihres Wahlsieges, Herr Bürgermeister, mehr darstellen würden. Bedingt durch Alzheimer könnten sie in dieser Zeit sogar Wähler zurückgewinnen.«

»Es freut mich, das zu hören, Herr Snoezel. Doch Herr Tatuetada war noch nicht fertig mit seinen Ausführungen. Es hat sich nämlich noch eine zweite Entwicklung gezeigt. Eine, über die sie, meine Herren, unbedingt Stillschweigen bewahren müssen.« Duwood blickte jeden der Anwesenden nacheinander an. Anschließend kehrte sein Blick zu Tatuetada zurück.

»Fahren sie fort.«

»Wie Bürgermeister Duwood richtig gesagt hat, gibt es noch eine zweite, erschreckendere Entwicklung. Es haben sich seit unserer letzten Zusammenkunft mehrere Ereignisse abgespielt.« Tatuetada hielt kurz inne, um nach Luft zu schnappen. »Der erste Zwischenfall ereignete sich um 17 Uhr 23 hier, im Café Hague. Wie eine gewisse Frau Verimme uns mitteilte, saß sie gerade mit anderen beim Kaffee, als sich eine Taube über ihnen auf dem Sims des Hausen niederließ. Eine Freundin von ihr, Frau Siemalda, wollte sie füttern und warf ihr ein Stück getrocknetes Brot zu. Die Taube schien allerdings schon... gegessen zu haben. Und auch verdaut hatte sie bereits.«

»Tja, so was kommt vor.« Snoezel blickte nicht von der Naht auf, an der er noch immer zerrte.

»Das haben wir im ersten Moment auch gedacht. Doch inzwischen wissen wir von 23 solchen Vorfällen und 8 anderen, die ebenfalls mit Tauben in Verbindung gebracht werden können. Wie Frau Siemalda liegen 5 andere Personen mit einem schweren Schock im Krankenhaus. Der Sachschaden beläuft sich auf 85.000 Euro. Er setzt sich zusammen aus: drei Autos, die Fahrer haben wegen Taubenscheiße auf den Windschutzscheiben nichts mehr gesehen; vier Straßenschildern, einem Fahrrad, mehreren Stühlen und Tischen in den Cafés und«, Tatuetada legte eine Pause ein und blickte Bürgermeister Duwood in die Augen, »37 Kaffeetassen.« Duwood nickte ihm mit einem bedeutenden Blick zu.

»Dann müssen wir wohl dringend etwas unternehmen. Tatuetada, weisen sie ihre Männer an, jede Taube auf Sicht zu erschießen.«

»Jawohl, Herr Bürgermeister. Aber es wäre besser, wenn wir zusätzliche Unterstützung bekommen könnten.«

»Woran hatten sie da gedacht?«

»Nun«, der dicke Mann warf einen betont auffälligen Blick auf den gleichmäßig atmenden Abt. »Vielleicht könnten mir einige von ihren Männern aushelfen, Abt Sarve'Curfe?«

Der Abt hatte gewusst, wann er angesprochen werden würde, und daher seinen befleckten Traum so ausgerichtet, dass er zu diesem Zeitpunk zu Ende war. Er würde die Robe wohl in die Reinigung geben müssen.

»Es tut mir leid, mein Sohn, aber ich und meine Brüder werden nicht intervenieren können. Unsere Herzen inhibieren einen solchen Schritt.«

Wieder einmal zeigten sich lange Gesichter am Tisch. Dieses Mal hatte Plaper Nahc jedoch vorher daran gedacht, sein Fremdwörterbuch mitzunehmen. Nun blätterte er eifrig darin.

Der Abt freute sich. Ja, es war ein Risiko gewesen, dieses Fremdwort noch einmal zu verwenden. Er hatte es ihnen schließlich erst zwei Tage zuvor erklärt. Jetzt stellte sich die Vergesslichkeit der Menschen als ein Vorteil heraus. In

Zukunft würde er nicht mehr so viele Fremdwörter einstudieren müssen.

Der Abt verabschiedete sich unter der Begründung, sich um die jüngsten Mitglieder seines Ordens kümmern zu müssen und verschwand. Damit verlor Plaper Nahc das Interesse an seinem Buch. Es war offensichtlich gewesen, dass der Abt ‚Nein' gemeint hatte, wie auch immer der korrekte Wortlaut gewesen war. Auch der Bürgermeister und sein Polizeichef grübelten nicht weiter darüber nach, sondern suchten nach alternativen Lösungsansätzen. Der Öffentlichkeitsberater Snoezel rillte inzwischen bereits den anderen Ärmel auf.

Während des Vortrags hatte Plaper Nahc geistesabwesend auf einem der Blätter herumgemalt, die der Polizeichef vor seinem Platz auf dem Tisch ausgebreitet hatte. Es war eine Karte von Heidhausen. Auf ihr waren, mit Datum und Uhrzeit, die Vorfälle eingetragen. Als er nun wieder darauf blickte, erschien ihm darauf irgend etwas seltsam.

•9   •10   •17 •18   •23

 •4 •3   •26

 •1 •2 •11
   •12
•8 •7 •13   •27 •28

•5 •6   •19 •20 •30 •29

•15   •14 •16 •21•22•31 •25•24

Die Zwischenfälle bildeten kein willkürliches Muster. Wenn man sie zeitlich verband…

»Herr Bürgermeister…«, Nahcs zitternde Hand hob sich in dessen Blickfeld. Verärgert, dass sein Gespräch mit dem

Polizeichef unterbrochen wurde, warf er seinem Berater einen wütenden Blick zu. »Was ist denn?«

»Ich f-f-fürchte die Tauben sind... sind intell... – Hier schauen sie selbst.« Er schob das Blatt mit weichen Knien Richtung Bürgermeister.

»Ja das haben sie schön gemalt. WOLLEN SIE MICH VERARSCHEN?«

»Nein, Herr Bürgermeister. Sehen sie doch genau hin. Ich habe die Punkte verbunden, in ihrer zeitlichen Reihenfolge.«

»Na das ist doch...«

»Herr Bürgermeister,«, wandte sich nun auch der Polizeichef an Duwood. »Wir müssen wohl zu dem Schluss kommen, dass die Vögel intelligenter sind, als wir dachten.«

»Kann es denn keine andere Erklärung geben?«, Snoezel wollte einfach nicht glauben, was er auf dem Blatt sah. »Vielleicht sind sie ja... irgendwie... ferngesteuert.«

»Ferngesteuerte Vögel«, Duwood blickte ihn empört an, »was denken sie denn, wo wir hier sind. In einem Science-Fiction-Roman, oder was?« Der Bürgermeister wandte sich kopfschüttelnd wieder an seinen Polizeichef. Doch dieser musste ihm in diesem Punkt wiedersprechen.

»Die Idee ist gar nicht so abwegig. Auf jeden Fall wäre der Abschuss ferngesteuerte Tauben moralisch besser zu rechtfertigen, als die Tötung hunderter intelligenter Vögel. Und durch meine Informanten in den Reihen der Alten glaube ich, auch zu wissen, wer dahinter stecken könnte.«

»Na los, raus damit!«

»Es ist die GAF. Eine Gruppe militanter Rentner, die sich vor wenigen Tagen den Schutz der Tauben auf ihre Fahnen geschrieben hat.«

»Die was?«

»Die GAF. Die Graue Armee Fraktion.«

[...]Unglücklicherweise wurde dem Verfasser das Manuskript kurz vor der Fertigstellung geraubt, er selbst körperverletzt, über seine Schreibmaschine machten sich Vandalen her, das geistige Eigentum an der Idee wurde ihm gestohlen, sein Lektor ermordet, der Herausgeber entführt und der Verlag mit der Androhung der Verstümmelung selbigens erpresst.

Da macht es auch nichts mehr, sie, liebe Leser, mit zwanzig Bänden sich ständig wiederholenden Textes zu betrügen.

Unglücklicherweise wurde dem Verfasser das Manuskript kurz vor der Fertigstellung geraubt, er selbst körperverletzt, über seine Schreibmaschine machten sich Vandalen her, das geistige Eigentum an der Idee wurde ihm gestohlen, sein Lektor ermordet, der Herausgeber entführt und der Verlag mit der Androhung der Verstümmelung selbigens erpresst.

Da macht es auch nichts mehr, sie, liebe Leser, mit zwanzig Bänden sich ständig wiederholenden Textes zu betrügen.

Unglücklicherweise wurde dem Verfasser das Manuskript kurz vor der Fertigstellung geraubt, er selbst körperverletzt, über seine Schreibmaschine machten sich Vandalen her, das geistige Eigentum an der Idee wurde ihm gestohlen, sein Lektor ermordet, der Herausgeber entführt und der Verlag mit der Androhung der sie lesen das immer noch? erpresst.

Da macht es auch nichts mehr, sie, liebe Leser, mit zwanzig Bänden sich ständig wiederholenden Textes zu betrügen.

Unglücklicherweise wurde dem Verfasser das Manuskript kurz vor der Fertigstellung geraubt, er selbst körperverletzt, über seine [...]

- Lexikon des Verbrechens

7

»Graue Armee Fraktion?« Jack konnte es noch immer nicht
fassen. Man hatte ihn irgendwann geweckt und ihm Au-
genbinde und Knebel abgenommen. Anschließend hatte
man ihn durch einen schäbigen Gang in den Raum gebracht, in dem er jetzt saß. In Jack war das Gefühl aufge-
kommen, dass dies kein besonders angenehmer Tag werden würde. Auch der Raum hatte schon einmal bessere
Tage gehabt. Abgesehen von dem Schimmelfleck an der
Decke, von dem ab und zu grüner Schleim auf den großen
verschlissenen Tisch vor Jack tropfte, gab es im Raum
nichts weiter als eben jenen Tisch, um den einige Stühle
verteilt waren. Keiner der Stühle glich einem anderen auch
nur beinahe. Zwei allem Anschein nach vergilbte Fenster
an der Wand links von Jack beleuchteten schwach die ihnen gegenüberliegende Wand. Putz bröckelte von der Decke, wann immer irgendwo im Haus eine Tür zugeschlagen wurde.

»Ja, genau Jack. GAF steht für die Graue Armee Fraktion.«

Irgendwann war dieser Oberst gekommen. Und mit ihm
Paul. Er hatte ihn erkannt und so hatte man Jack schließlich
von seinen Fesseln befreit. Dann hatte er erzählen müssen,
wie er ins Senilenviertel gelangt war.

»Und was machen die?« Jack wollte es einfach nicht verstehen.

»Wir kämpfen für die Rechté der Tauben. Nach der
plötzlichen Kursänderung des Bürgermeisters vor vier
Tagen musSté einfach etwas geschehen.« Paul sprach wie
zu einem Kleinkind. Er trug noch immer seine Baskenmüt-

ze, hatte aber die Friedenstaube abgenommen. Davon abgesehen kleidete auch er sich nun ganz in grau.

»Was heißt denn *wir*? Du warst doch immer Pazifist, Paul.«

»Manchmal, Jack«, der alte Philosoph blickte vor sich auf den Tisch, »sind die Menschen gezwungen, ihre Meinungen zu ändern. Es geht um mehr als nur die Tauben. Es geht um die Liberté. Unsere Freiheit.«

»Was hat denn unsere Freiheit mit den Tauben zu tun?«

»Siehst du es denn nicht Jack?« Paul blickte seinem Freund jetzt scharf in die Augen. »Die Tauben sind erst der Anfang. Waren erst der Anfang. Danach kam die Polizeigewalt. Die haben uns zusammengeschlagen, Jack. Nur weil wir friedlich demonstriert haben.« Inzwischen zitterte seine Stimme. »Was denkst du eigentlich, warum die auch hinter dir her sind?« Jack dachte gar nichts darüber. Er hatte bisher einfach noch nicht die Zeit dazu gefunden. »Du weißt zu viel. Und weißt du, was wir heute Morgen erfahren haben? Die gesamte Vorsinfel-Straße soll abgesperrt worden sein. Die halten uns jetzt gefangen. Ein Ghetto für die Alten. So etwas hatte doch nie mehr vorkommen sollen…« Pauls Stimme brach ab. Das gelbe Licht der Fenster spiegelte sich in einer einzelnen Träne, die an Pauls Wange herunter lief.

»Jo, und genau darum müssen wir diesen Wichsern in den Arsch treten.« Der Oberst war nicht für seine Sentimentalität bekannt. »Aber wie, beim Ziegenbarte meines Zivis, sollen wir das anstellen?« Der dicke Mann in grauer Uniform war aufgestanden und schritt nun im Raum auf und ab. Bei jedem Schritt raschelte die Tablettenbox, die er stolz an der Brust trug. »Meine Männer sind die Besten der Besten. Und trotzdem.« Er schmiss eine Zeitung auf den Tisch, die über diesen glitt und vor Jack stoppte. »Jack, die Verluste sind einfach zu groß.« Der Oberst nahm seine Zigarre aus dem Mund. Die eine Seite der Zigarre war inzwischen ganz unförmig. »Wir hatten nicht einen einzigen Einsatz und mir sterben meine Männer weg wie die Fliegen. Dies ist ein gottverdammter Krieg.« Beim letzten Satz hatte er sich Jack gegenüber auf den Tisch gestützt und blickte ihn jetzt unbewegt an.

Jack wich dem irren Blick des Militärs aus und schaute dabei auf die Zeitung. Die Todesanzeigen waren aufgeschlagen. An mehreren prangten große rote Kreuze.

»Hätten wir nicht unsere Tauben, würde wahrscheinlich gar nichts passieren. Durch die Absperrung kommen wir jetzt nicht mal mehr raus.«

»Was meinen sie mit den Tauben? Was geschieht denn wegen denen?«

»Wissen sie das noch nicht? Paul, haben sie es ihm noch nicht gesagt?«

Paul hatte in den letzten Minuten nur gedankenverloren in die Gegend gestarrt und an seinem Bart gespielt. Jetzt schüttelte er leicht seinen Kopf.

»Also gut, dann will ich es ihnen sagen. Paul hat einen Weg gefunden, mit den Tauben zu sprechen. Eigentlich ist es ganz einfach. Die Tauben benutzen einfach viel mehr Rs als wir.«

Jack glaubte ihm nicht und verlangte nach einer Demonstration. Der Oberst erklärte sich einverstanden und mit einem bekümmerten Paul im Schlepptau begaben sie sich nach oben in den Dachstuhl.

»Wie gefährlich sind diese Rentner?« Der Bürgermeister hatte seinen Polizeichef gebeten, nach der Besprechung noch mit in sein Büro zu kommen.

»Für die öffentliche Sicherheit könnten sie eine gewisse Gefahr darstellen. Die Operation sehe ich allerdings nicht gefährdet.« Der dicke Polizeichef stand breitbeinig und mit hinter dem Rücken verschränkten Armen vor Duwoods Schreibtisch.

»Na schön. Wir werden auf Nummer sicher gehen. Fahren sie mit dem ursprünglichen Plan fort. Wenn sie dabei auf Aktivisten oder Sympathisanten der GAF treffen, wissen sie, was sie zu tun haben.«

»Jawohl, Herr Bürgermeister.«

»Und was diese Vögel angeht…«

»Ich habe da schon eine Idee, Herr Bürgermeister. Sie müssten nur noch zustimmen.«

»Was für eine Idee ist das?«

»Napalm. Tonnenweise Napalm. Wir haben noch etwas in den Polizeibeständen. Wenn das nicht reicht, fragen wir die unterbeschäftigten Feuerwachen. Da taucht auch dauernd was von dem Zeugs auf.«

»Was wollen sie mit Napalm in meiner Stadt?«

»Der Plan sieht vor, dass wir den gesamten Dould-Park mit Napalm füllen und warten, dass die Vögel zurückkehren. So gewinnt die Stadt außerdem ein günstigen Baugrundstück hinzu.«

»Ich warte lieber auf eine andere Lösung.«

»Wie sie wünschen, Herr Bürgermeister.«

Für einen Moment schwiegen sich die beiden Männer an. Dann durchbrach Duwood die Stille.

»Wie geht die Aktion voran?«

»Der Kran ist bereits auf dem Hogul-Tower installiert und die Verankerungen sind vorbereitet. Sobald sie liefern, können wir sie hochziehen und befestigen. Ich habe meine besten Männer für diese Aufgabe abgestellt.«

»Sehr gut. Die Sache läuft besser als erwartet.« Bürgermeister Duwood trat an das Fenster seines Büros und ließ seinen begierigen Blick über Heidhausen schweifen. Sein schallendes Gelächter war in der ganzen Etage zu hören.

Jack saß in seinem ehemaligen Kerker und las eine fünf Tage alte Zeitung. Vor dem Stuhl war ein provisorischer Schreibtisch aus leeren Bierkästen und einer quer darüber gelegten Holzplatte aufgebaut worden. Zu Essen hatte er nichts bekommen, aber zumindest brachte Paul ihm eine Tasse Kaffee vorbei. Es war eine dieser alten Porzellantassen, deren Henkel nur für den kleinen Finger geeignet schienen und die man andauernd nachfüllen musste. Aber zumindest half es Jacks vereinsamtem Magen ein wenig.

Die Zeitung hatte er auch von Paul. Dieser hegte den Verdacht, das an dem Tag, an dem Bürgermeister Duwood das Tauben-Notstandsgesetz verabschiedet hatte, irgend etwas geschehen sein musste, das dieses Umdenken veranlasst hatte. Jack war sie nun schon drei mal durchgegangen und wusste noch immer nicht, wonach er überhaupt suchen sollte. Seufzend lehnte er sich zurück. Es ergab alles keinen Sinn. Er führte die Tasse an den Mund, die er die ganze Zeit in der Hand gehalten hatte. Sie war leer. Natürlich. Er wischte ihre Unterseite mit seinem verschlissenen Hemd ab und stellte sie dann aus Ermangelung einer Untertasse auf die Zeitung. Es gab keine Berichte über einen Sonnenwind, irgend ein außergewöhnliches galaktisches Phänomen oder irgend eine starke irdische Strahlungsquelle, die die Machthaber beeinflusst haben könnte. Auch keine Giftunfälle oder eingeschleppten Krankheiten. Letzteres war wegen der Abschottung Heidhausens vom Rest der Welt ohnehin so gut wie ausgeschlossen. Jack schlug die Hände vor dem Gesicht zusammen. Vielleicht sollte er eine Pause einlegen.

Selbst politisch war nichts geschehen. Die Stimmung hatte sogar zugunsten Duwoods gelegen. Warum hätte er das aufs Spiel setzen sollen? Jack schüttelte den Kopf. Er musste scharf nachdenken. Irgendwas war geschehen, soviel stand fest. *Ein Schluck Kaffee wird helfen*, dachte sich der Detektiv und griff nach der Tasse. *Stand die nicht eben noch rechts von mir?* Er lehnte sich vor, um nach der Tasse zu greifen. Sie war leer. Jack erinnerte sich, dass sie beim letzten Versuch ja auch schon leer gewesen war. *Ich brauche wirklich eine Pause.* Dort, wo die Tasse gestanden hatte, zeigte sich nun ein kreisrunder Kaffeefleck. *Hatte ich dich nicht trocken gewischt?* Jack hob sie über seinen Kopf. Sie war eindeutig trocken. *Vielleicht ist der Fleck schon älter.* Doch der Fleck war feucht. Er umkringelte eine kurze Notiz, die Jack zuvor noch nicht aufgefallen war. Sie lautete:

GESCHIRRHERSTELLER *PORZ 'EL LAN* FREUT SICH ÜBER REKORDGEWINNE. INSBESONDERE DURCH DIE HERSTELLUNG VON GROSSEN, PREISWERTEN KAFFEETASSEN MIT WERBEBESCHRIFTUNG SOLLE ES IHNEN INNERHALB DER NÄCHSTEN MONATE GELINGEN: »DIE WELT – ÄH, DEN WELTMARKT – ZU BEHERRSCHEN«, SO INHABER UND BÜRGERMEISTER DER STADT HEIDHAUSEN MARIO N. DUWOOD.

»Na was ist denn das?«, sprach er zu sich selbst.

»Die Lösung!«, antwortete eine Stimme.

»Wer war das? Nein, sag nichts. Du warst es wieder, nicht wahr? Hatte ich dir nicht gesagt, du sollst verschwinden?«

»Mit Verlaub der Herr, aber ich fürchte, da muss eine Verwechslung vorliegen.«

»Du bist nicht die Stimme in meinem Kopf?«

»Nein, der Herr, so etwas bin ich ganz bestimmt nicht. Aber falls sie Stimmen in ihrem Kopf hören, könnte ich ihnen dann eventuell empfehlen, einen Psychiater aufzusuchen?«

»Nein, kannst du nicht.« Langsam hatte Jack es satt, sich mit herablassenden, nicht zu lokalisierenden Stimmen herumzuschlagen. »Jetzt sag mir endlich, was zum Teufel du bist oder halt die Klappe.«

»Ich verbitte mir diesen Ton. Als Kaffeetasse aus Königlichem Hause muss ich mir so etwas nicht bieten lassen.«

»Als war? Kaffeetasse?« Jack blickte das vor ihm stehende Porzellangebilde mit einer Mischung aus Unglauben und Zweifel an. Während er weitersprach griff er nach ihr. »Du weißt also, was vor sich geht?«

»Oh, bitte nicht da… ihh, das kitzelt.« Die Tasse wand sich in Jacks Hand. »Bitte, fassen sie nur am Henkel an. Danke, der Herr. Nun zu ihrer Frage. Ja, ich bin über die Situation informiert. Wir Tassen stehen in ständigem geistigen Austausch miteinander.«

»Also gibt es noch mehr sprechende Tassen?«

»Ja, aber natürlich.« Die Tasse schien empört. »Alle Trinkgefäße können reden. Okay, die Kölschgläser sind vielleicht etwas einfach gestrickt und die Schnapsgläschen lallen nur wirres Zeugs. Nichtsdestotrotz haben wir eine friedliche, von gegenseitigem Respekt geprägte Gesellschaft gebildet. Bis vor einigen Jahren.« Die Empörung war ganz aus ihrer Stimme gewichen. Jetzt ließ die Tasse niedergeschlagen ihren Henkel hängen.

»Was ist geschehen?« Es erschien Jack zwar noch immer etwas abwegig, aber zumindest bekam er so einige Antworten. Und ein Traum war dies auch nicht, da war es sich sicher. In noch keinem Traum hatte er solch einen Hunger verspürt.

»Es begann alles mit dem Auftauchen diesen Neu-Tassen. Diese billigen, von Maschinen produzierten Dinger. Nicht die Pappbecher oder so. Die schaffen es noch nicht einmal, eine rudimentäre Intelligenz zu entwickeln. Aber diese Dinger«, sie zeigte mit ihrem Henkel auf den Zeitungsausschnitt, »die sind echt fies. Anfangs dachten wir noch: ‚Ach ja, die Jugend. Das legt sich mit der Zeit.' Doch als sie dann angefangen haben, ihre Körper zu verkaufen, als Werbefläche, da wussten wir, dass dies mehr als nur ein gewöhnlicher Generationenkonflikt war.« Die Tasse hielt einen Moment inne und Jack stellte sie behutsam auf den Tisch.

»Habt ihr versucht, mit ihnen zu reden?«, fragte Jack vorsichtig.

»Natürlich haben wir das. Aber ihnen war ihr Erfolg schon, wie die Menschen sagen, ‚zu Kopf gestiegen'. Sie vermehrten sich rasend schnell und brachen alle Kontakte zu uns ab. Alles was wir jetzt über sie wissen, wurde durch Beobachtungen in Erfahrung gebracht. Durch ihren schlichten Aufbau sind sie nahezu unzerstörbar. Gläser zerbrechen irgendwann, und Tassen wie ich verlieren ihren Henkel, wenn es Zeit wird zu gehen. Doch diese Tassen können selbst Stürze überstehen.

Durch ihren Werbeaufdruck haben sie außerdem eine neue Fähigkeit entwickelt: Beeinflussung. Jeder Mensch, der regelmäßig aus ihnen trinkt, gerät in ihren Bann. Die Menschen verwandeln sich in willenlose Zombies, die alles tun, was die Tassen von ihnen verlangen.

Vor fünf Tagen sind sie dann in die finale Phase ihres Plans eingetreten: Als erstes wurden die nicht zu beeinflussenden Menschen ausgeschaltet.«

»Deshalb musste der Konditor sterben.«

»Ja, genau.«

»Jetzt passt es alles zusammen. Als ich Frau Somby im Verdacht hatte, ihn umgebracht zu haben, hatte ich vollkommen Recht. Doch sie hat ihn wegen der Tassen umgebracht. Und Frau Mulpick starb, weil ich ihr am Telefon davon erzählt hatte. Während sie Kaffee getrunken hat.«

»Das wird wohl der Grund gewesen sein, ja. Doch ich frage mich, warum man sie noch nicht ausgeschaltet hat.«

»Sie haben es versucht. Als ich Frau Somby ein zweitesmal besuchte, ging sie auf mich los. Anschließend war dann die Polizei hinter mir her.« Der ganze Fall zeigte sich nun glasklar vor Jacks innerem Auge. »Die Tassen waren auch der Grund, warum die Polizei es nicht für Mord hielt. Und warum Sie mich erschießen, und nicht nur verhaften wollten. Die müssen gedacht haben, ich wüsste von ihnen.«

»Jawohl. Und der Bürgermeister ist am stärksten beeinflusst. Er ist ja andauernd von ihnen umgeben.«

»Aber eines verstehe ich nicht. Warum will der Bürgermeister, oder besser: warum wollen die Tassen, die ihn steuern, dass die Tauben beseitigt werden.«

»Siehst du es denn nicht Jack?« Der Detektiv fragte lieber gar nicht erst, woher sie seinen Namen kannte. »Es geht hier nicht um die Tauben oder den Park. Die Tassen brauchten einen Grund, um die Alten im Senilenviertel einsperren zu können. Die Leute hier ziehen ältere Tassen wie mich vor. Wir sind leichter und erinnern sie an bessere Zeiten. Nur die Alten hätten den Tassen dort draußen noch gefährlich werden können. Die Tauben dienten nur zur Provokation.«

»Wissen die Tassen, dass die Tauben intelligent sind?«

»Bis vor kurzem wussten sie es nicht, nein. Doch inzwischen hegen sie den Verdacht, dass wir, die Trinkgefäße, sie mit Hilfe von Trinknäpfen steuern würden. Das ist natürlich absoluter Blödsinn. Tatsächlich arbeiten sie ja mit der GAF zusammen. Wir haben nichts damit zu tun.«

»Was können wir tun, um zu verhindern, dass sie die Macht ergreifen?«

»Verhindern können wir es nicht mehr. Sie sitzen in allen Firmen, Büros und öffentlichen Einrichtungen. Wenn sie wollten, könnten sie jederzeit die Kontrolle übernehmen. Doch sie wollen absolut sicher gehen, dass ihnen niemand mehr einen Strich durch die Rechnung macht.«

»Es muss also einen Weg geben, sie aufzuhalten.«

»Ja. Aber wenn man davon absieht, sie alle einzeln zu zerstören, wissen wir nicht weiter. Wir glauben, es hat etwas mit ihrem Intellekt zu tun. All ihre Tätigkeiten scheinen wohl durchdacht. Das deutet auf eine Intelligenz hin, die größer sein muss als die, die so einfach gefertigte Tassen entwickeln können. Aber niemand von uns weiß, wie man dieses Wissen einsetzen kann, um sie aufzuhalten.«

Nach dem Gespräch mit der Tasse sagte diese irgend etwas von einem Schönheitsschlaf für ihre Ornamente und verstummte. Jack rief alle zu einer Besprechung zusammen. Im Besprechungsraum fanden sich neben Jack, Paul und dem Oberst auch das Oberhaupt der Tauben Rrug und sein ODD-Minister ein. Der Detektiv erzählte ihnen rasch, was er erlebt hatte. Anfangs wollten sie ihm verständlicherweise nicht glauben, doch dann meldete sich die bisher unbemerkt gebliebene Feldflasche des Oberst zu Wort.

»Jedes Wort dieses jungen Mannes stimmt.« Die Anwesenden wechselten verwirrte Blicke. Rrug und die andere Taube schauten mit schiefgelegten Köpfen zur Feldflasche.

»Sprrerrcherrn sierr darr?«

»Jawohl. Gestatten, das ich mich vorstelle. Ich bin Feldflasche 732-f4. Habe in der Schlacht um Willburry unter Hermanson gedient. Viele gute Flaschen sind dabei draufgegangen. Besonders als die Fünfte mit ihren Panzern kam.«

»Oh ja, ich erinnere mich noch gut.« Die Stimme des Oberst hatte etwas träumerisches angenommen. »Es war ein teuflisches Wetter. Ein bestialischer Gestank wehte über das Schlachtfeld, wie eine ganze Deponie Boulevardzeitungen. Es sind verdammt viele Männer umgekommen…«

»Ja, das stimmt wohl. Wenn man alleine die Verluste unter den Feldflaschen berücksichtigt…«

Der Oberst und seine Feldflasche diskutierten lange über die korrekte Zahl der Toten und Verwundeten, die Schwierigkeiten, Löcher in angeschossenen Feldflaschen zu stopfen und den Heldenhaften Einsatz einiger Flachmänner, die sich schützend in den Weg tödlicher Geschosse geworfen hatten.

Paul und die beiden Tauben hörten fasziniert zu. Für Jack, der sich inzwischen mit allerlei sprechendem Zeugs abgefunden hatte, war es nichts Neues und so verlor er rasch das Interesse. Er bemühte sich vielmehr etwas Essbares aufzutreiben. Inzwischen müsste sein ständiges Magenknurren eigentlich auch den anderen auffallen. Doch weit und breit war nichts zu finden was Jack sich hätte zuführen können. Selbst die von ihm als Dekoration für obligatorisch gehaltenen Kekse standen nicht auf dem Tisch.

Irgendwann beendeten die beiden Veteranen ihren Erfahrungsaustausch.

»So, und was machen wir jetzt?« Der Oberst konnte mit der neuen Situation nichts anfangen. Wie sollte er einen Feind bekämpfen, der in beinahe jedem Küchenschrank dieser Welt anwesend war.

»Frühstücken?«, schlug Jack hoffnungsvoll vor. Sein Magen meldete sich inzwischen mit beruhigender Regelmäßigkeit.

Seine Bitte wurde nicht erhört. Statt dessen beschlossen sie, geistigen Beistand zu suchen. Vielleicht gab das heilige BUCH™ Auskunft. Schließlich war es doch als Ratgeber zum Schutze Heidhausens gemacht, oder nicht?

»Bruder Midel.« Abt Sarve'Curfe tauchte laut prustend aus seinem Schaumbad auf.

»Ja Vater?«

»Bereite einen Tee vor. Wir erwarten Gäste. Und lasse bitte ein Frühstücksbuffet auftragen.«

»Wie ihr wünscht, Vater.« Stillschweigend fragte sich der frustrierte Neu-Mönch, warum er denn keinen Kaffee machen durfte.

»Wir trinken hier keinen Kaffee. Das weißt du doch, mein Sohn.«

Bruder Midel'Streiven verfluchte insgeheim seine schlechte Gedankenkontrolle. Laut dachte er hingegen: Ihr habt föllig recht, Vater.

»Völlig denkt man mit v, mein Sohn.«

Es war zum aus der Haut fahren. Seine Gedanken zeigten das, was man gewöhnlich erhält, wenn man auf einer Tastatur Zahlen groß schreiben will.[*] Midel drehte sich um und stapfte mit völlig unmönchische Schritten aus dem Raum.

»Und Bruder«, rief der Abt der stapfenden Kutte hinterher, »bewaffnet euch und eure Brüder.«

Die Vorsinfel-Straße war tatsächlich abgesperrt. Jack, Paul, der Oberst und sein Untergebener, dessen Bekanntschaft zu machen Jack schon das zweifelhafte Vergnügen gehabt hatte, lugten um eine Hausecke und beobachteten den Kordon. Einige Tauben hatten sich unauffällig auf den umliegenden Dächern verteilt.

Die neue Polizeistrategie leistete ganze Arbeit. Hinter einem fünf Meter hohen Zaun mit Stacheldrahtkrone beobachtete eine Reihe schwerbewaffneter Polizisten die Bemühungen einiger Rentner, das Gatter zum Einsturz zu bringen. Auf gefährlich aussehenden Fahrzeugen schwangen Wasserwerfer hin und her, bereit jeden ernsthaften Durchbruchsversuch zu verhindern.

Alle paar Minuten bediente sich eine der Wachen an einem im Hintergrund aufgebauten Tisch, auf dem einige große Thermoskannen und dutzende Kaffeetassen standen.

»Ok, Männer, wir greifen an.« Der Oberst traf Vorbereitungen, sich im Hintergrund aufzustellen, um von einer erhöhten Position aus sicher die sich anbahnende Schlacht zu beobachten.

---

[*] lesen sie mal ein Comic, wenn sie es nicht verstehen

»Halt, warten sie! Das würden wir nie schaffen. Sehen sie, was die dort in den Händen halten?«

Der Oberst kramte in seinen Westentaschen und zauberte dann einen monströsen Feldstecher hervor.

»Oh, ja. Teufel. Das müssen diese gefährlich aussehenden Schlagstöcke mit gummiverstärkter Oberfläche und eingebauten Bleigewichten für eine stärkere Wucht beim Einsatz sein.«

»Bon, dann bleiben wir also hier.« Paul war leicht zu überzeugen, wenn es um diese gefährlich aussehenden Schlagstöcke mit Gummiverstärkung und eingebauten Bleigewichten ging.

»Wir müssen angreifen, koste es was es wolle. Dies ist der einzige verdammte Weg nach draußen und bei Gott, wir werden ihn uns freikämpfen.«

»Moment mal.« Irgendwie hatte Jack das unbestimmte Gefühl eine wichtige Information zu besitzen. Eine Information, die viele Verluste vermeiden könnte.

Die Geheimtür. Diese Stimme kannte Jack.

»Hab ich nicht gesagt, du sollst verschwinden.«

Ich war doch weg. Wollte nur helfen.

»Wenn du schon mal da bist, sag mir doch bitte endlich, was du bist.« Jack versuchte seine Stimme eindringlich klingen zu lassen.

Darf ich dann bleiben.

»Nein. Aber du darfst mir ab und zu helfen, okay?«

Hm, na gut. Mehr will ich auch gar nicht. Und, hast du es inzwischen herausbekommen? Was ich bin, meine ich.

Jack hatte es nicht. Er hatte nicht die leiseste Ahnung, was das für eine Stimme war.

»Vielleicht eine Tasse? Oder eine Taube. Vielleicht bist du auch nur mein T-Shirt, das mit mir spricht.«

Na, dann müssten mich die anderen doch auch hören, oder?

Da war was dran. Doch nach den besorgten Blicken der anderen zu urteilen, hörte sie nur Jack alleine. Plötzlich kam Jack etwas in den Sinn. Er hatte einen Geistesblitz.

Ja, bravo. Das bin ich. Ich bin dein Geistesblitz!

»Na toll. Solltest du nicht eigentlich einfach ab und zu auftauchen, ohne zu reden?«

Sollten Kaffeetassen und Tauben nicht eigentlich auch nicht reden können? Die Stimme klang inzwischen leicht säuerlich.

»Da hast du auch wieder recht.«

Möchtest du den anderen jetzt nicht endlich von der Tür erzählen? Die werden schon unruhig.

Der Geistesblitz hatte recht. Paul trat unruhig von einem Fuß auf den anderen, die Tauben flatterten nervös mit den Flügeln und der Oberst blickte sich schon wieder nach einer erhöhten Position um.

»Ich bin doch durch eine Geheimtür hier hingekommen.« Jack sprach nun wieder in normaler Lautstärke. »Wir könnten durch das Villenviertel schleichen und von da aus zum Kloster gelangen.«

Das Kloster befand sich auf dem Klerker, viele Kilometer entfernt. Um es zu erreichen, musste man einen langen und beschwerlichen Aufstieg bewältigen. Doch durch einen einzigartigen Trick des Autors, Zeitsprung genannt, befanden die drei Senioren, der Detektiv und die Tauben im nächsten Augenblick vor den haushohen Toren des Klosters.

»Meint ihr, die werden uns das BUCH™ einfach so geben?« Ein schwer atmender Paul blickte die anderen zweifelnd an.

»Ich weiß es nicht.« Noch vor ein paar Tagen wäre Jack davon überzeugt gewesen, schließlich gab es nichts das dagegen sprach. Doch inzwischen hatte er die absurdesten Dinge erlebt und war vorsichtiger geworden.

»Wenn nicht,«, kaute der Oberst an seiner Zigarre vorbei, »werden wir diesen elenden Dreckskerlen zeigen, das mit uns nicht zu spaßen ist. So wahr ich hier stehe.« Im nächsten Moment öffnete sich lautlos das Tor. Der Anblick, der sich dem Oberst dahinter bot ließ ihn zurücktaumeln und der Länge nach hinfallen. Seine Zigarre viel in den Staub.

Das Kloster war an und für sich nichts besonderes. Zehn Meter hohe Mauern aus meterdicken Steinen schützten die darin Lebenden vor dem Zahn der Zeit und jeglichen Neuerungen, die sich außerhalb ihrer heil(ig)en Welt ereignet haben könnten. Gleichzeitig waren die Mauern als Zeichen für die Erhabenheit und den Reichtum der Kirche mit allerlei Verzierungen und Bunten Fenstern geschmückt. Letztere befanden sich im oberen Teil der Mauer. Angeblich, da die Mauern sonst nicht effektiv vor Feinden schützen würden. Doch Jack war überzeugt dass durch die hohe Lage verhindert wurde, dass die im Kloster lebenden Mönche jemals das sie umgebende Land sahen. Statt dessen mussten sie denken, überall vom Himmel, dem Ziel, dem sie doch alle insgeheim zustrebten, umgeben zu sein.

»Ui!«, meinte Paul den Anblick im Inneren des Hofes kommentieren zu müssen.

Crazy K(C)arl hatte Kampfstellung eingenommen und schwang langsam seinen bedrohlichen Gehstock. Seine Augen starrten noch mehr als sonst. Jack hätte Angst gehabt, dass sie ihm herausfallen könnten, doch er war zu sehr damit beschäftigt, selbst in den Hof zu starren.

Was sich dort zeigte, glich eher dem Treiben auf einer Militärbasis kurz vor der entscheidenden Schlacht. Über den ganzen Hof sausten Mönche kreuz und quer (obwohl hier, in einem Kloster, das *kreuz*- dem *quer*-Laufen doch eindeutig vorgezogen wurde.). Manche der in olivgrünen Roben steckenden Gestalten trugen bereits Helme auf den Kopf und kletterten auf völlig unreligiösen Maschinen herum. Andere kletterten auf religiösen Tötungsmaschinen herum und wieder andere wandelten unreligiöse in religiöse Maschinen um, indem sie flüchtige Kreuze auf Panzerplatten kritzelten, Sprüche wie ‚Auge um Auge, Zahn um

Zahn' oder ‚Wenn ich schon die eine Backe getroffen habe, warum dann die andere verfehlen?' an dafür vorgesehene Stellen sprayten oder sie ganz schlicht und einfach mit Rostschutzmittel segneten.

Die sicherlich tonnenschweren Türen hatte ein kümmerlich wirkender Mönch mit hängenden Schultern geöffnet. Der Mann kam Jack irgendwie bekannt vor, doch er konnte das Gesicht nicht zuordnen. Er hingegen schien Jack zu erkennen, denn in seinen Augen zeigte sich eine Mischung aus anklagender Wut und dem Verlangen, auf den Detektiv los zu gehen. Beides wurde jedoch schnell niedergekämpft. Dann trat er auf die Besucher zu.

»Ich bin Bruder Midel'Streiven. Ich heiße euch Willkommen im bescheidenen Refugium der Serpentinermönche. Folgen sie mir bitte, der Abt erwartet sie bereits.«

Vom Inneren des Hofes aus konnten sie das ganze Ausmaß der Mobilmachung, denn danach sah es aus, erst erkennen. Mit einem lauten *Plopp* gab eines von Crazy K(C)arls starrenden Augen den Gesetzen des gesunden Menschenverstandes nach und fiel aus seiner Höhle. Zum Glück war es nur sein Glasauge.

Paul klapperte mit seinen Zähnen. Dann hatte er das Korn, das ihn schon seit dem Frühstück genervt hatte entfernt und steckte sein Gebiss wieder in den Mund.

Ein Adliger schritt hochnäsig an ihnen vorbei, während sie von Bruder Midel einen Säulengang entlang geführt wurden. Dicht darauf folgte ein niederen Knecht, der bucklig durch den Staub schlurfte. Die Neuankömmlinge verstanden erst gar nicht, was diese Personen im Kloster zu suchen hatten, bis sie den folgenden Dialog mithörten:

Adliger: »Kumba.«
Knecht: »Ja Mylord?«
Lord: »Kumba!«
Knecht: »Ja?«

Als sie schließlich beim Abt ankamen waren sie nur noch zu viert. Der Oberst hatte sich, nachdem er wieder aufgestanden war, gleich mit den neuesten Spielzeugen der Mönche bekannt gemacht und diskutierte gerade mit seiner Feldflasche die Vorteile zweistufiger Mittelstreckenraketen mit computergesteuerter GPS-Technologie, Luft-Luft- und Luft-Boden-Radar, Real-Time-Wettersatellitenverbindung, Stickstoff-Antriebskühlung, allerlei technischem Schnickschnack, Kram und Zeugs und drei Megatonnen Sprengkopf für den Super-Duper-Einzigartigen-Mega-Bumms.[*] Sein Soldat spielte mir den Kindern der Mönche im Sand.[**] Auch die Tauben hatten sich, bis auf Rrug, auf den Dächern des Klosters niedergelassen und genossen die Höhenluft.

»Willkommen in meinem bescheidenen Heim, Jack!«, begrüßte der Abt die Neuankömmlinge. Er empfing sie im großen Versammlungsraum, in dem nur noch ein paar vereinzelte Luftschlangen von der Party zeugten.

»Paul, alter Freund. Kommt und setzt euch zu mir. Bruder Midel, ihr könnt gehen.«

»Ihrr seirrd derr Arrbt?«, Rrug hatte anfangs einige Probleme gehabt, das gesamte Konzept *Religion* zu verstehen. Er kannte Kirchen nur als das Gebäude, auf dessen Vorplatz es immer etwas zu essen gab. Religion sah er als eine Art Markenzeichen für Brotkrümel an.

»Ja, das bin ich.«

---

[*] Er ging bald zu einer Diskussion der Nachteile über, da es für so etwas einfach keine Vorteile geben kann

[**] Ok, ist vielleicht nicht sehr realistisch. Aber es geht ja mehr um das Bild und das, was es aussagen will.

Jack ergriff die Initiative. »Gut, wenn wir das geklärt haben, können wir ja gleich zum Punkt kommen. Sie sind allwissend?«

»Ja, so sagt man.«

»Dann können sie mir doch sicher sagen, ob sie uns helfen werden. Schließlich ist es ihre Aufgabe, Heidhausen zu beschützen.«

»Ja, ich denke das kann ich. Ich werde euch helfen.«

»Werden sie uns DAS BUCH™ geben?«

»Ja.«

»Vielen, vielen Dank. Könnte ich es dann bitte haben?«

»Nein« Der Abt lehnte sich mit einem wissenden Lächeln in seinem güldenen Thron zurück.

»Aber sie sagten doch gerade, sie würden es mir geben!«

»Ja, das sagte ich.«

»Und warum tun sie es dann nicht?«

»Weil ich es behalten möchte, mein Sohn.«

»Aber sie müssen. Schließlich wissen sie, dass sie es mir geben werden. Also verdammt noch mal her damit.«

»Nein!« Abt Sarve'Curfe verschränkte die Arme vor seiner nicht unbeträchtlichen Brust. Den Hühnern des Klosters wurden einfach zu viele Hormone gespritzt.

Jack hörte ein Rascheln. Dann sah er, das Paul eine Pistole gezogen hatte.

»Geben sie es her!«, brüllte der alte Philosoph den allwissenden Theologen an.

So reduziert sich alles auf die ursprünglichen Konflikte.

»Na gut, mein Sohn. Hier, bitte sehr.« Er reichte Paul den etwas angestaubten Wälzer. Irgendjemand war in der Nacht zuvor darauf getreten. Auf dem Einband zeichnete sich ganz deutlich ein Fußabdruck ab. Nach einer kleinen Pause sagte der Abt zu Jack. »Na, da siehst du es mal wieder mein Sohn, ich hatte vollkommen recht.«

Jack lächelte ihm verwirrt zu. Seit wann hatte Paul eine Waffe? Die Frage wurde jedoch gleich darauf beantwortet.

»So, allwissend also? Nun. In der Pistole war noch nicht einmal Wasser.« Paul warf das Spielzeug weg. »Was sagen sie nun?«

Der Abt sagt gar nichts. Er hatte wieder sein wissendes Lächeln aufgesetzt. Jenes wissende Lächeln, das er immer dann aufsetzte, wenn er nicht genau wusste, was er sagen sollte. Die Freiheitskämpfer schickten sich an zu gehen.

»Wartet!«, hielt Abt Sarve'Curfe sie auf. »Ich habe euch ein großes Buffet vorbereiten lassen. Ihr müsst doch sicher hungrig sein.« Das waren sie. Zumindest Jack war es. Er war sogar so hungrig, dass sein Hunger für alle anderen mit ausreichte. Sein Magen hatte sich zwar seit einiger Zeit nicht mehr gemeldet, doch Jack glaubte, er habe einfach aufgegeben, um seine Kräfte zu schonen. Der Abt klatschte in die Hände und sofort erschien Bruder Midel im Saal. Er schob einen großen Wagen vor sich her, auf dem sich die leckersten Speisen und Getränke gegenseitig Jacks Appetit streitig machten. Hauchdünne Speckscheibchen brutzelten neben goldgelbem Toast vor sich hin. Frischer Tee dampfte aus großen Gläsern (Der Abt wollte auf Nummer sicher gehen) und verbreitete sein mildes Aroma im Raum.

Ungesehen von den anderen legte der Abt plötzlich seinen Kopf schief, als würde er auf etwas lauschen. Dann blickte er die Anwesenden an, die sich nur langsam dem Wagen näherten, um die Illusion, wenn es denn eine wäre, nicht zu schnell zu zerstören.

»Bruder Midel, schalte bitte den Fernseher ein.«

Der Fernseher hatte im Klostere eine ganz besondere Bedeutung. Nämlich so gut wie gar keine. Angeschafft worden war er vor über vierzig Jahren. Aus Versehen. Der damalige Abt war ein herzensguter Mensch gewesen, und als eines Tages ein Vertreter für Fernseher den beschwerlichen Weg zum Kloster gefunden hatte, hatte der Abt es nicht übers Herz gebracht, ihn unverrichteter Dinge wieder abziehen zu lassen.

Seit diesem Tag befand sich am Fuße des Berges ein Schild, das besagte, dass Vertreter und Werbeleute von oder für egal was sich den Aufweg schenken konnten. Von da an hatte der damalige Abt nie wieder etwas an der Tür gekauft. Bis zwei Jahre später die Zeugen Jehovas das Kloster besuchten. Man hatte nie wieder etwas vom alten Abt gehört.

Jetzt erwachte der Fernseher das zweite mal in seinem Leben* und gab knisternd und flackernd ein Schwarzweißbild wieder.

»Hier spricht Bürgermeister Duwood. Ihr Bürgermeister. Ich unterbreche das Programm für eine wichtige Durchsage. Heidhausen, unsere schöne Heimatstadt, steht kurz vor einer schrecklichen Katastrophe. Ich muss sie bitten, mir genau zuzuhören und zu tun, was ich ihnen sage. Nur so können sie ihr Überleben sichern.«

Der Bürgermeister saß, ganz nach amerikanischem Vorbild, vor einem steinernen Kamin, in dem ein gemütliches Feuer brannte. Er blickte direkt in die Kamera, ohne irgendwo abzulesen und bemühte sich nach Kräften, eine zusammenhängende Ansprache zu halten.

»Überall auf den Straßen werden zur Zeit Stände mit einem Gegenmittel aufgebaut. Sobald diese fertiggestellt sind, muss jeder Bürger täglich mindestens einmal die Kaffeeähnliche Substanz zu sich nehmen. Da sie immer wieder frisch hergestellt werden muss, kann dies nur an den eingerichteten Ständen geschehen. Mein Beitrag zu ihrer Sicherheit ist die gesamte Jahresproduktion an Kaffeetassen aus meiner Firma, die ich hiermit für die Seuchenbekämpfung spende.

---

* das erste mal war er vom alten Abt genutzt worden. Die Mönche hatten ihn anschließend versteckt, aus Angst, ihr Abt könnte dem Teleshopping verfallen. Seitdem stand er in einer Ecke des Saals und wurde im allgemeinen nicht beachtet.

Als ein weithin sichtbares Symbol für unsere Hoffnung, aus dieser Krise heraus zu finden und als ständige Erinnerung, die Stände so häufig wie möglich aufzusuchen, wird in diesem Moment eine riesige Kaffeetasse auf dem Hogul-Tower aufgestellt.

Ich bin Bürgermeister Duwood.

Ihnen trotz allem noch einen schönen Tag... und Gott schütze Heidhausen.«

Der Abt fand als erster die Sprache wieder. »Ich denke das Frühstück wird wohl ausfallen müssen. Die Lage spitzt sich zu. Wenn sie nicht sofort etwas unternehmen, verwandeln die Tassen ganz Heidhausen in eine Stadt aus willenlosen Zombies.«

Paul, Jack und die Taube starrten noch immer fassungslos auf den Schirm.

»Scheirrßerr«, sagte Rrug.

»Scheiße«, sagte Paul.

»Scheiße«, sagte Jack.

»Scheiße«, knurrte Jacks Magen.

Die militärische Elite – der Abt, der Oberst und Rrug mit Warr, seinem ODD-Minister – drängten sich in einem hastig im Innenhof des Klosters aufgebauten Kommandostand um einen Kartentisch. Jack und Paul standen abseits und wussten nicht so recht, was sie tun sollten. Gelangweilt blätterten sie im BUCH™. Von Crazy K(C)arl fehlte jede Spur. Wahrscheinlich spielte er verstecken.

»Wir werden diese elenden Tassen eine nach der anderen zerschmettern müssen.« Der Oberst war ganz in seinem Element. »Am besten wir gehen systematisch vor. Planquadrat für Planquadrat.«

»Sie müssen aber bedenken«, wand der Abt ein, »dass die Tassen alles daran setzen werden, sich zu verteidigen. Bald wird die gesamte Stadt von ihnen kontrolliert sein.«

»Derr Arrbt harrt Rrerrcht.«, pflichtete Rrug ihm kopfnickend bei. »wirr mürrsserrn urrnaurrffärrllirrgerr vorrgerrherrn.

Auch sein Minister nickte mit dem Kopf. Aber nur, weil er eine Taube war und nicht anders konnte. Ein erfahrener Beobachter hätte gemerkt, dass er sich alle Mühe gab, den Kopf zu schütteln. »Wirr mürssern schnerl harnderln. Dier Tarssern werrdern sirch nircht mirt Heirdhaursern zurfrierdern gerbern.«

»Genau. Darum schlage ich den sofortigen Einsatz schwerer Artillerie gegen diese Bastarde vor.«

»Aber Herr Oberst. Wir dürfen das Leben der Zivilisten nicht riskieren. Selbst wenn sie unter der Suggestion unorthodoxer Trinkgefäße stehen.«

Die Mönche im Hof warfen besorgte Blicke in Richtung Kommandostand. Es war immer ein schlechtes Zeichen, wenn ihr Oberhaupt begann Fremdwörter zu gebrauchen.

Der Abt deutete auf einen Punkt auf der Karte. »Vielleicht sollten wir als erstes hier zuschlagen.«

»Warrs irrst darrs?«

»Dies, mein Sohn…« Der Abt blickte Rrug für einen Augenblick an. Dann begann er noch einmal. »Dies, mein…« Er schwieg wieder.

»Dies ist die Fabrik von Bürgermeister Duwood. Dort werden die Tassen hergestellt. Wir werden ihnen den Nachschub abschneiden. Und meine Brüder werden alle Zufahrtswege nach Heidhausen schließen.«

»Und dann knöpfen wir sie uns einen nach dem anderen vor.« Die Augen des Obersts leuchteten unter seinem Helm/Pisspott.

»Nein, ich glaube nicht, dass das nötig sein wird.« Jack trat an den Tisch. Er legte das aufgeschlagene BUCH™ vor die Militärs. »Paul und ich haben ein wenig darin geblättert.«

»Schließlich sind wir ja eigentlich nur deshalb hierher gekommen.«, erinnerte Paul sie.

»Ja, genau. Auf jeden Fall haben wir folgende Stelle gefunden:« Er deutete in DAS BUCH™.

OFFEN-BARUNG 6:3 OFFEN SIEGT.

§1 MÄCHTIGE FEINDE
1. VERSTECKE DICH.
2. BEWAFFNE DICH.
3. VERNICHTE DEN GRÖßTEN DEINER FEINDE.

»Und wie soll uns dieser Blödsinn weiter helfen?« Der
Oberst wusste es zwar wirklich nicht, doch nach seiner
gereizten Stimme zu urteilen, ahnte er bereits, dass die
bevorstehende Schlacht weniger blutig werden würde, als
erhofft. »Ein Soldat versteckt sich verdammt noch mal
nicht vor dem Feind.«

»Überlegen sie doch einmal?« Paul war inzwischen auch
zu der Gruppe getreten. »Versteckt haben wir uns schon, in
Heidhausen, als wir im Viertel eingeschlossen waren. Und
bewaffnet…« Anstatt den Satz zu Ende zu führen deutete
er auf das Treiben im Hof.

»Also, müssen wir jetzt nur noch unseren größten Feind
vernichten…« Der Abt zupfte beim Sprechen nachdenklich
an seiner noch immer verbundenen Nase.

»Dierr Tarrserrn.«

Der Kopf des Obersts hatte sich inzwischen gerötet. Da
sie die ganze Zeit im Schatten des Komandostandes standen, nahm Jack an, dass es sich nicht um einen Sonnen-
brand handelte.

»Ja aber so weit waren wir doch schon.«,
brüllte der Oberst.

»Ganz ruhig mein Sohn. Das besondere an unseren Of-
fen-Barungen ist, dass sie wörtlich zu nehmen sind. Keiner-

lei Interpretation.« Er blickte noch einmal in DAS BUCH™.
»Also, hier steht: ‚Vernichte den größten deiner Feinde'.«

»Die Tasse auf dem Hogul Tower.«, entfuhr es Jack.

»Da ist was dran.«, klang es metallern von der Hüfte des Obersts. Seine Feldflasche hatte wieder beschlossen, sich einzumischen. »Die dürfte groß genug sein, um solche Aktionen zu planen. Wenn wir sie zerstören, haben die Tassen keine Führung mehr.«

[...]

Und am achten Tag griff Gott sich an den brummenden Schädel und fragte sich was er Gestern nur angestellt hatte und dann sprach er: »Ich hasse Montage« und er machte sich wieder an die Arbeit.

Und am neunten Tag schuf Gott einen Arbeitgeber.

Und am zehnten Tag sprach dieser: »Tja, brauchst gar nicht erst kommen« und so ward es, dass Gott wegrationalisiert wurde.

[...]

»Jeder isst sich selbst.«

- Der Nächste

[...]

»Haltet euch besser nicht an einem Blitzableiter fest, wenn mein Dad wütend wird.«

- Jesus

[...]

»Und das Meer lag zerteilt und übergangen da und hatte verstanden, dass eine Sinnflut nichts Gutes war.«

[...]

- DAS BUCH™

8

Wenige Stunden später fuhren die Freiheitskämpfer und ihre neuen Verbündeten, die Serpentinermönche, in inzwischen vollständig gesegneten Panzerfahrzeugen, den Klerker hinunter. Am Fuß des Berges teilten sie sich dann auf. Während Jack, die Tauben und die Mitglieder der GAF sich zu Fuß in die Stadt schlichen, preschte der Abt mit seinen Brüdern auf das Industriegebiet zu. Sie waren überein gekommen, dass Duwoods Fabrik auf jeden Fall zerstört werden musste, da sonst immer die Gefahr herrschen würde, dass eine neue Führertasse entstehen könnte.

Bereits von weitem erkannten Jack und seine Mitstreiter die Tasse. Sie prangte hoch oben auf dem Hogul-Tower. Auf dem strahlenden Weiß ihres Leibes stand in dunkelroten Lettern:

DUWOOD HILFT. TASSEN RETTEN.

»Na, dass ist aber mal ein toller Werbespruch.«, Jacks Stimme klang zynisch. Eigentlich war er ja zu jung für solch einen Tonfall. Aber in den letzten Tagen schien er um Jahre gealtert zu sein.

»Was für ein Werbespruch?«, fragten seine Begleiter aus einem Mund.

»Der auf diesem riesigen Porzellandiktator dort oben.«

»Oh, Jack, ich fürchte meine Augen sind zu schwach dafür.« Auch die anderen hatten ihre Probleme, die Schrift zu erkennen. Der Oberst griff nach seinem Feldstecher.

»Potzblitz. Er hat recht. Das muss sie sein.«

»Sorlern wier darnn?«, fragte Warr unruhig. Er hatte gegenüber seinem Oberhaupt Rrug darauf bestanden, selbst an der Operation teilzunehmen. Rrug hingegen verbaten die Vorschriften ein solches Risiko. Er hatte sich ins Hauptquartier der GAF zurückgezogen.

»Ja. Wir treffen uns im Dould-Park.« Seltsamerweise schien Jack die Operation zu leiten. Die Anderen mussten irgendwie gespürt haben, dass er der Protagonist in dieser Geschichte war.

Warr gurrte einige Befehle, dann erhoben er und seine Tauben sich lautstark in die Lüfte. Auf vorher besprochenen Bahnen näherten sie sich wie zufällig der Tasse. Sie würden das Gelände erkunden und Jack dann im Park berichten. Anschließend sollten sie als Rückendeckung in der Luft bleiben.

Im Park fehlten zwei Dinge: Die Tauben und die Alten, die sie fütterten. Abgesehen davon war alles normal. Am Teich schnatterten die Enten hungrig. Paul bestand darauf, nach ihnen zu sehen. Es war ein trauriger Anblick. Verstört watschelten die Vögel über das Ufer und suchten nach etwas Essbarem. Andere trieben regungslos über den See und schonten ihre Kräfte.

»Ja, meine Guten. Auch euch habe ich nicht vergessen. Bald wird alles wieder gut.« In Pauls Stimme kehrte etwas von der Lebenskraft zurück, die er seit dem Beginn der Krise eingebüßt hatte. »Hier, ich habe etwas für euch.« Mit diesen Worten zog der alte Philosoph eine große Plastiktüte aus einer Manteltasche. Er öffnete sie.

»Paul, was ist das?« Doch Jack sah es bereits. Paul hatte den Toast vom Buffet mitgehen lassen. Jetzt zupfte er kleine Brocken von dem Außen knusprigen, aber Innen noch schön weichen, dampfenden Brot ab. Jack lief das Wasser im Mund zusammen. Alles in ihm sehnte sich danach, wie die Enten ins Wasser zu stürzen und wild schnatternd etwas von dieser köstlichen Nahrung zu ergattern. Doch irgend etwas hielt ihn auf. Es musste wohl noch einen Rest Würde in Jacks ausgehungertem Körper übrig sein.

Zumindest hat mein Magen keine Augen, dachte der Detektiv resigniert. *So muss er dieses Schauspiel nicht mit ansehen.*

Die Tauben kehrten wie verabredet von ihrem Erkundungsflug zurück.

»Wier ers aurssierht irst derr Turrm vorn Porlirzistern urmsterllt. Aurf derm Darch sterhern aurch eirnirger.«

»Na toll. Hätten wir diesen mickrigen Arschlöchern von Anfang an gezeigt wo's lang geht und sie in die Hölle gebombt, dann müssten wir uns jetzt verdammt noch mal nicht den Arsch bei dem Versuch wegschießen lassen, da rein zu kommen.«

»Es muss doch sicher einen anderen Weg geben. Jack, dein Büro ist doch in dem Turm, non?«

»Ja, ist es. Vielleicht kommen wir durch die Tiefgarage rein.«

»Ja sicher.«, warf der Oberst noch einmal höhnisch ein. »Kein einziger Volltrottel, nicht einmal diese besonders herausstechenden Exemplare, wäre so blöd und würde die Tiefgarage unbewacht lassen. Und selbst wenn, auf dem Dach werden wir spätestens in einen elenden Hinterhalt geraten.«

»Das Dach können wir von meinem Büro aus erreichen. Seht ihr den Kran dort?« Sie sahen ihn nicht. Schließlich hatten sie auch die metergroßen Buchstaben auf der Tasse nicht erkannt. Nachdem der Oberst wieder einmal sein Fernglas zu Rate gezogen hatte, glaubte zumindest er ihm. Allerdings nur so weit, dass es den Kran gab.

»Wie zum Teufel sollen wir denn da rauf kommen? Meinen sie, junger Mann, dass unsere von unzähligen Schlachten gezeichneten Knochen noch zu klettern imstande wären?«

Daran hatte Jack nicht gedacht. »Nun, dann muss ich wohl alleine da rauf und die Tasse zerstören. Ihr werdet so tun, als ob ihr mit dem Aufzug hoch fahrt und damit die Wachen ablenken. Die Tauben kümmern sich um alle, die sich nicht ablenken lassen.«

»Wirrd germarcht.«

»Und wie kommen wir jetzt verdammt noch mal dort rein?«

»Wir haben die Tiefgarage noch nicht ausprobiert.«, erinnerte sie Paul.

»Gut, dann schauen wir jetzt dort vorbei.«

Die Tauben hoben wieder ab, um die Menschen unterstützen zu können. Jack, Paul und der Soldat, der während der letzten Zeit stark vernachlässigt worden war, begaben sich mit einem wutschnaubenden Oberst zur Tiefgarage. Unterwegs kamen sie an einem der Kaffee-als-Pseudo-Gegenmittel-für-verängstigte-Bürger Stände vorbei. Sie wimmelten den Ausschenker ab, der ihnen unbedingt eine ,kostenlose Kostprobe zum Kosten auf Kosten des Hauses' anbot. Kurz darauf erreichten sie die, natürlich bewachte, Garageneinfahrt. Zwei bewaffnete Polizisten standen vor den Aufzügen und beobachteten die Umgebung. Die Freiheitskämpfer versteckten sich hinter einem Wagen.

»Na, was habe ich gesagt?«

Crazy K(C)arl, allmählich mit seinem andauernden Schweigen unzufrieden, wollte antworten. Doch der Oberst kam ihm zuvor. »Es ist bewacht. So, und *nun*?« Beim letzten Satz versuchte er, sich zu Jack hinab zu beugen, was aber aufgrund mangelnder Präferenzen in vertikaler Richtung scheiterte. Statt dessen streckte er sich und näherte sich Jacks Gesicht auf diese Art.

Jack war von dem kleinen militanten Kerlchen so überrascht, dass er erst mal schwieg. Paul hingegen hatte eine Idee.

146

»Ich werde erst mal etwas Kaffee holen.« Bevor irgend jemand etwas einwenden konnte, war er weg. Drei Minuten später kam er mit einer Thermoskanne und einer Handvoll Tassen zurück. Die Tassen trugen die gleiche Aufschrift wie die Führertasse auf dem Dach.

»Was willst du denn damit Paul?« Jack erkannte seinen alten Freund und Mentor langsam nicht mehr wieder.

»Wir werden die Wachen abfüllen.«

»Mit Kaffee?«

»Nein.« Der alte Mann wandte sich an den anderen alten Mann, der neben ihm stand und verbissen auf seiner staubigen Zigarre herumkaute. »Würden sie mir bitte ihre Feldflasche geben?«

»Wie? Was? Warum denn das?«

»Weil er weiß, was in mir ist, alter Saufkopf.«, klang es metallen von seiner Hüfte.

»Na schön. Zum Wohle der Truppe.« Der Oberst nahm die Flasche ab, schraubte sie auf und nahm noch einen Schluck. Daraufhin reichte er sie Paul. Dieser kippte den Inhalt in die Thermoskanne, schüttelte kurz und ging dann schnurstracks auf die Wachposten zu.

»Hallo. Das muss doch sicher eine anstrengende Beschäftigung sein.«

»Ja Opa, das ist es.«

»Jaja. Ich kenne das noch von damals...«

»Wir haben keine Zeit uns ihre Kriegserlebnisse anzuhören. Geben sie uns einfach den Kaffee und die Tassen, und dann verziehen sie sich.«

Paul gab es ihnen und drehte sich dann mit hängenden Schultern um. Während Paul zurück schlurfte, konnte Jack deutlich erkennen, dass sein Freund grinste.

»Er hat es geschafft. Jetzt müssen wir nur noch warten.«

Lange brauchten sie freilich nicht warten. Auf Anweisung Duwoods war der Kaffee mit starken Schmerzmitteln versetzt worden, um den Bürgern das Gefühl zu geben, es handle sich tatsächlich um ein Gegenmittel für was auch immer in der Stadt ausgebrochen sein sollte. Zusammen mit dem Kaffee und dem Alkohol entfaltete es nun seine volle Wirkung. Kaum war Paul bei den anderen eingetroffen, hörten sie auch schon ein Poltern, dicht gefolgt von einem weiteren. Dann war der Weg zum Aufzug frei.

Jack hielt die augenblicklich losstürzenden Senioren auf, indem er nach Pauls Arm griff. »Wartet. Mir fällt da was ein.« Jack wurde schließlich noch immer von der Polizei gesucht. Da war es nur wahrscheinlich, dass sie in seinem Büro auf ihn warteten. Besonders da er in dieser Geschichte seltsamerweise kein Zuhause zu haben schien.

Der Detektiv griff nach seinem Handy und rief Saldra an, wohl wissend, dass er sie damit zu Tode erschrecken würde.[*]

»H-Hier Detektei Boldewig und Partner. W-wer ist da?« Ihre Stimme klang eindeutig verunsichert. Doch das konnte mehr als einen Grund haben.

»Hallo Saldra.«

»Oh, du bist es Jack. Von Bob ist leider keine neue Nachricht da.«

»Vergiss Bob. Der macht sich mit den fünf Millionen ein schönes Leben. Ist die Polizei da?«

Der Polizist vor ihr schüttelte den Kopf und drängte sie damit zu einer ganz klaren Lüge.

»Nein«, antwortete sie zögernd.

»Gut. Kann ich sie dann mal kurz sprechen?«

Langsam gewöhnte Saldra sich daran, das Jacks Stimme aus diesem Hörer hallte, der sonst meistens nur ein beruhigendes *tut-tut-tut* von sich gab.

»Na klar.«

---

[*] jaja, in der Tiefgarage hat er sicher keinen Empfang. Nennen wir es einfach künstlerische Freiheit.

Die junge Frau bedeckte die Sprechmuschel[*] mit einer Hand und blickte zu dem Polizisten hinter ihr auf.

»Es ist für sie. Herr Boldewig will sie sprechen.«

Die beiden Polizisten schlugen sich mit der flachen Hand auf die Stirn. Als der Knall verklungen war, nahm der hinter Saldra stehende ihr verärgert den Hörer ab.

»Ja, wo sind sie?«

»Wie bitte? Sie sind doch da? Dabei wollte ich Saldra doch nur ein bisschen ärgern.«

Die flachen Hände kamen erneut zu Einsatz. Saldra grinste in sich hinein. Manchmal war es klug, das Dummchen zu spielen.

»Also ich bin hier unten in der Tiefgarage. Soll ich rauf kommen?«

»Nein, bleiben sie nur dort unten. Unsere Kollegen werden sie gleich hoch begleiten.«

Die Funkgeräte der beiden komatösen Wachen begannen zu knistern. Eine unverständliche Stimme plärrte aus ihnen. Als sie keine Antwort erhielt, sprach der Polizist am Telefon weiter.

»Ach, warten sie einfach dort unten. Wir kommen selbst.« Dann legte er auf.

»Ok, Leute.« Jack klappte das Mobiltelefon zusammen. »Wir können los.«

Die Senioren und Jack bestiegen einen Aufzug, nachdem sie sicher sein konnten, dass die beiden Polizisten bereits in ihren eingestiegen waren. Anschließend fuhren sie zu Jacks Büro. Etwa auf halbem Weg passierten sich die beiden Kabinen. Die Polizisten hatten keine Ahnung, wer dort an ihnen vorbei rauschte.

---

[*] Meist rundliches Gebilde am ‚unteren' Ende des *Hörers*. Dort sprach man bei Telefonen bis weit ins zwanzigste Jahrhundert hinein.

Bürgermeister Duwood, sein Berater Plaper Nahc, Polizei-chef Tatuetada und Snoezel, der Öffentlichkeitsarbeiter standen auf dem Dach des Hogul-Towers und bewunder-ten die Tasse. Oder versuchten, sich ihre Höhenangst nicht anmerken zu lassen. Snoezel schien sich für beide Beschäf-tigungen nicht zu interessieren, sondern tätschelte lieber besorgt seine Haare. Der Wind auf dem Hochhaus war recht stark.

»Dies soll das Zeichen unserer Hoffnung sein.«, rief Duwood gerade. In seinen Augen brannte der Wahnsinn. Er war der gleiche augenglühende Wahnsinn, wie ihn die Alten Taubenmassakrierer gezeigt hatten.

»Ich halte das für eine sehr gute Idee, den Bürgern in dieser schlimmen Zeit ein solches Zeichen zu geben. Be-sonders ihr Name darauf verspricht Stabilität. Außerdem wird es ihnen bei der nächsten Wahl helfen.«

Plaper Nahc war nicht so leicht zu beeindrucken. Seine Knie schlotterten, er klapperte mit den Zähnen und ihm war speiübel. Er hasste es, mehr als drei Meter über dem Boden zu sein. Aber zumindest ließ ihn seine Höhenangst jegliche Furcht vor Duwood vergessen.

»Sind sie nicht der Meinung, dass wir ein Recht haben, zu erfahren, welche Seuche über Heidhausen herfällt?«

»Der Bürgermeister ist der Meinung, dass die Wahrheit alles nur noch schlimmer machen könnte.«, kam Tatuetada Duwood zur Hilfe.

»Ich sehe noch keine Anzeichen für eine Katastrophe.«

»Das liegt nur daran, dass wir regelmäßig das Gegen-mittel nehmen.« Duwood gab sich belehrend. »Da fällt mir ein, es ist wieder an der Zeit.« Der dicke Bürgermeister klatschte in die Hände und sofort eilte einer der Wachpos-ten mit vier Tassen und einer Thermoskanne herbei. Ben-jamin Snoezel gab den Kampf gegen den Wind auf, nahm eine Tasse und trank Kaffee. Duwood und Tatuetada tran-ken ebenfalls. Nur Plaper Nahc weigerte sich, seine Lippen an die Tasse zu setzten.

»Ich mag keinen Kaffee.«

»Nun, kommen sie schon.«, ließ sich Snoezel vernehmen. »Es ist eine Medizin.«

»Solange mir niemand sagt, gegen was sie ist, solange trinke ich sie nicht.« Als Demonstration seiner Entschlossenheit, die wiederum daher herrührte, dass er mit seinem Leben bereits auf 50 Metern Höhe abgeschlossen hatte, schleuderte er seine Tasse gegen die Porzellanwand der großen. Diese begann daraufhin zu zittern und von irgendwo her erklang ein tiefes Grollen, wie bei einem Gewitter.

Duwood, Tatuetada und der Neu-Zombie Snoezel hatten sein Verhalten mit wachsendem Zorn mit angesehen. Jetzt erhob der Bürgermeister seine Stimme.

»DU WAGST ES, ELENDIGER!«

Eigentlich war es gar nicht mehr seine Stimme. Sie klang eher wie die eines Dämons, der durch Duwoods Körper seine schrecklichen Botschaften hinaus brüllt. Plaper Nahc war ehrlich beeindruckt und wich sogar einen Schritt zurück. Als ihm dann jedoch dämmerte, dass ihn dies aus seiner sorgfältig ausgewählten Position (so weit wie möglich von jedem Ende des Daches entfernt) brachte, trat er mutig (oder feige, je nach Bezug) wieder auf seinen Arbeitgeber zu.

»DAS WIRST DU BEREUEN.«

Mehr sagte Duwood nicht. Wie auf ein Zeichen hin, traten die drei Männer auf Plaper Nahc zu, der seine Position standhaft bis zum letzten Augenblick hielt. Mit schier unmenschlichen Kräften hoben sie den wild zappelnden Mann hoch und trugen ihn in Richtung des halbkreisförmigen Rands des Gebäudes.

Dort, wo der Kran hing.

An dem Jack gerade die letzten Meter überwand.

»WÄHREND DU FÄLLST, KANNST DU ÜBER DEINE TAT NACHDENKEN.«

Unter andern Umständen wäre Nahc vielleicht froh über etwas Zeit zum Nachdenken gewesen. Doch während er sich immer weiter dem Dachrand näherte, war er alles noch einmal durchgegangen. Er hatte abgelehnt, Kaffee zu trinken und die Tasse kaputt gemacht. Dafür sollte er jetzt sterben. Aus irgend einem Grund blieb in ihm der Gedanke hängen, das er irgend einen Aspekt der Situation übersehen haben musste. Die Ereigniskette war in seinen Augen alles andere als in sich schlüssig.

»Halt, warten sie, Duwood! Wenn sie also der Böse sind, dann müssen sie mir erst ihren Plan verraten.« Vielleicht konnte er auf Zeit spielen. Die Geschichte musste schließlich bald beendet sein.

»HAHAHA. ICH BIN NICHT DER BÖSE. ICH BIN NUR EINE MARIONETTE. ICH WERDE DIR GAR NICHTS ERZÄHLEN.«

Mit diesen Worten hielt er Plaper Nahc über den Abgrund. Direkt vor Jack. Der Detektiv war geistesgegenwärtig genug, den wild um sich schlagenden Berater aufzufangen und auf dem Kran abzusetzen, an den dieser sich bereitwillig klammerte. Dann sprang Jack aufs Dach.

Im selben Augenblick brach dort oben die Hölle los. Die Aufzugstüren öffneten sich und heraus strömte eine Horde

Nietenkrückstock und Fäuste schwindender Rentner sowie eine zu allem bereite Sekretärin. Tauben stürzten aus dem Himmel und flatterten von den Köpfen der Wachen oder machten ihr Geschäft auf alles, was irgendwie beeinflusst aussah. Die Wachen, auf einen Angriff dieser Art nicht vorbereitet, wurden überrannt. Jack musste es mit gleich drei Gegnern aufnehmen. Da zwei davon viel zu träge waren und einer nur darauf bedacht war, seinen Anzug nicht zu beschädigen, konnte man den Kampf nicht als fair bezeichnen. Innerhalb kürzester Zeit lag Benjamin Snoezel jammernd am Boden und der Polizeichef auf dem Rücken. Er ruderte wie ein Käfer mit Armen und Beinen in der Luft, kam aber nicht mehr auf letztere.

Nur Bürgermeister Duwood stellte sich als ein harter Gegner heraus. Er war zwar so unbeweglich wie Tatueta-da, doch in ihm brodelte eine dämonische Kraft. Jack schlug ihm mehrfach ins Gesicht, eine Tätigkeit die Auszu-führen er sich bei der letzten Wahl vorgenommen hatte, doch die Schläge zeigten keine Wirkung.

»Er ist zu stark!«, rief Jack seinen Mitstreitern zu. Diese hatten den Tatbestand bereits erkannt und hielten respekt-voll Abstand. Beim Showdown zwischen Gut und Böse darf man schließlich nicht stören.

Jack entschied sich für eine andere Angriffsart und trat nach dem heranschwankenden Bürgermeister. Dieser griff nach seinem Fuß und bekam ihn zu fassen. Jack stolperte zu Boden, unfähig dem sich auf ihn schmeißenden Koloss auszuweichen.

»Helft mit!«, ächzte Jack unter seinem Bürgermeister hervor.

»Wir müssen die Tasse zerstören.«, rief Paul den ande-ren zu.

Paul hatte immer die guten Ideen, ärgerte sich Crazy K(C)arl. Die alten Männer eilten zur Tasse, an der Saldra bereits seit der Erstürmung zu Gange war. Mit Hilfe eines

Taschenmessers hatte sie immerhin schon ein faustgroßes Loch in die Wand der 10-Meter-Tasse geschlagen.

»Ich bekomme… keine Lu..ft mehr.« Jacks Stimme drang gedämpft durch das Fett des Bürgermeisters.

»Wir müssen uns beeilen.«, riet Paul und schlug seinerseits auf die Tasse ein.

»Herrgott, das dauert viel zu lange.«, meckerte der Oberst und tat gar nichts. »Wir werden es nie rechtzeitig schaffen.«

Was jetzt folgte war einer jener Momente, in denen die ganze Welt den Atem anzuhalten schien (Zumindest für den Teil, der vor dem Fernseher sitzt und den Film sieht, trifft das auch zu.). Einer jener Momente, in denen alles in Zeitlupe abläuft, in denen der Lärm verklingt und endlich seit langem Ruhe einkehrt. Es war der Moment, in dem eine ansonsten recht bedeutungslose zweidimensionale Nebenrolle ihren Teil zur Rettung beiträgt. Quälend langsam erklangen die Worte (Die Zeitlupe war noch eingeschaltet)

»L-a-s-s-t d-i-e T-a-s-s-e r-u-n-t-e-r-f-a-l-l-e-n!« Er war K(C)arls Stimme.

Dann ging plötzlich alles wieder ganz schnell und die Geräusche kehrten zurück. Jack ächzte unter der Last des Bürgermeisters. Die Rentner eilten zu der Verankerung und lösten sie mit den noch nicht eingeräumten Werkzeugen. Dann war die Tasse frei. Jack gab das Ächzen auf und sparte die Luft lieber. Paul, Saldra, der Oberst und seine Männer stemmte sich gegen den Porzellankoloss. Ein ohrenbetäubendes Kratzen ertönte, als die Tasse sich quälend langsam in Bewegung setzte. Der Bürgermeister schien irgend etwas zu spüren, denn er wälzte sich auf Jack herum, um zur Tasse blicken zu können. Jack kam frei. Die Tasse erreichte den Abgrund. Saldra schrie eine Warnung nach unten. Jack sprang auf. Der Bürgermeister wollte zur Tasse stürzen, doch sein eigenes Gewicht hielt ihn am Boden. Die Tasse kippte über den Dachrand und fiel in die

Tiefe. Jack ließ sich seinerseits auf den Bürgermeister fallen. Die Tasse fiel noch immer, als Jacks Ellenbogen die Nase des Bürgermeisters traf. Duwood heulte auf. Jack heulte ebenfalls auf, denn er hatte sich seine Musikantenknochen gestoßen. Die Tasse fiel immer noch. Aufgebracht schlug Jack auf den brüllenden Bürgermeister ein.

Es wurde wieder still in Heidhausen. Die Tasse überwand die letzten Meter, die sie vom Erdboden trennten.

Dann traf sie auf!

Ein Scheppern von noch nie dagewesener Lautstärke verdrängte die Stille und hallte durch ganz Heidhausen, begleitet von zerspringenden Fensterscheiben und dem Aufheulen unzähliger beeinflusster Menschen. Die Tasse zerbrach von unten nach oben in Hunderttausende Einzelteile, die nach allen Seiten über den Vorplatz des Hogul-Towers rasten.

Drei Sekunden später war alles vorbei. Die Menschen erwachten aus ihrer Trance, der Bürgermeister brach sein Brüllen ab und begann zu jammern. Jack ließ von im ab und schleppte sich zu den anderen, die zusammen mit den Tauben auf die sich ausbreitende Staubwolke am Fuße des Gebäudes blickten. Schwer atmend ließ er sich neben Saldra und Paul nieder.

»War's das?«, fragte die junge Frau.

»Ja, das war es.«, bestätigte Jack. Am Horizont erkannte er deutlich die in Trümmern liegende Tassenfabrik. Er lehnte sich zurück und war sofort eingeschlafen.

»Hallo?« Plaper Nahcs Stimme hallte vorsichtig vom Kran herüber. »Hilfe!«

Epilog

Saldra war nach ihrem überzeugenden Einsatz zu Jacks Partnerin aufgestiegen, nachdem bekannt wurde, dass die Brasilianische Polizei Bob wegen Steuerhinterziehung festgenommen hatte. Der Hacker Karl hatte bereits vor Wochen per E-Mail seine Kündigung eingereicht und arbeitete seit zwei Tagen in einem neuen Startup-Unternehmen. Da nur er sich mit Computern auskannte, war diese jedoch nie gelesen worden.

Jack, Paul und Abt Sarve'Curfe saßen in Jeans Bistro und feierten ihren Sieg. Jack hatte alle Diätgedanken über Bord geworfen und genehmigte sich nun schon sein viertes doppeltes Baguette mit Extrasoße in dieser Woche. Dieses mal sorgte der Kellner, ein Mann, der kurzzeitig unter dem Namen Bruder Midel'Streiven von den Serpentinermönchen bekannt war, dafür, dass das Baguette tatsächlich so appetitlich aussah wie auf dem Bild in der Speisekarte.

»Und sie sind sicher«, fragte Jack den Abt mit vollem Mund, »dass wir die Tassen geschlagen haben?«

»Ja mein Sohn, wir haben sie geschlagen. Doch das kann nur der Anfang sein. Ihr müsst nun dafür sorgen, dass solch eine Unheil niemals wieder stattfindet.« Er erhob sich von seinem Stuhl. Seine Nase war nicht mehr verbunden und auch seine Robe erstrahlte in neuem Glanz. »Ich für meinen Teil habe genug getan. Es ist die Aufgabe des Ordens der Serpentiner Heidhausen zu beschützen. Koste es was es wolle… kein wahrer Mönch würde jemals die Feigheit besitzen dieses Ideal zu brüskieren, indem er aus dem Orden austritt.«, fügte er wohl mehr für die Ohren des

156

Kellners hinzu. Dieser ließ sich jedoch nichts anmerken und genoss das erste mal seit langem wieder einen Kaffee. Aus einem Bierglas zwar, aber es ging ihm ja um den Kaffee, nicht um das Gefäß.

»Nun ja, Abt. Dann leben sie wohl.« Jack schloss sich Pauls Verabschiedung an. Der Abt verbeugte sich leicht vor ihnen und schritt dann davon. Von weitem hörte man ihn kichern: »Hoho Herr Tatuetada. Sie wollen ihren besten Mann substituieren? Warum subventionieren sie den armen Wachtmeister Haudrauf nicht auch noch?«

Paul schüttelte langsam den Kopf. »Komischer Kerl. Aber beschützen scheint er uns zu können.«

»Ja, das kann er wohl.« Jack richtete seinen Blick auf Paul. »Ich bin froh, dass du aus der GAF ausgetreten bist.«

»Das bin ich auch. Jetzt, da die Tauben wieder frei leben können, gibt es ohnehin nichts mehr, wofür es sich zu kämpfen lohnt.«

»Also, wirst du wieder zu friedlichen Protesten zurückkehren?«

»Ja. Obwohl… mir kommt da gerade so eine Idee. Vielleicht kann ich den Oberst ja überreden, mit mir zusammen gegen die allgemeine Schulpflicht vorzugehen. Würden wir nicht schon als Kinder so verdummt, hätte das alles gar nicht zu geschehen brauchen.« Paul nippte gedankenverloren an seinem Tee. Im Geiste war er schon dabei erste Ziele auszusuchen. »Also, das Bildungsministerium muss auf jeden Fall besetzt werden. Dann müssen wir aber auch noch die autarken Schulen ausschalten. Am besten in den Ferien, da sind weniger Menschen in den Gebäuden…« Inzwischen sprach Paul nur noch zu sich selbst. Jack lehnte sich zurück und ließ seinen Blick über den Dould-Park schweifen. Endlich war er satt.

Eine Taube flatterte vom Sims des Hauses auf die Armlehne von Jacks Stuhl.

»Urrnd warrs sorrllerrn *wirr* nurrn turrn?«, fragte Rrug.

Jack legte sanft einen Arm um die Taube. Mit dem anderen deutete er auf die Stadt und das umgebene Land. Die untergehende Sonne glitzerte an den Fassaden und spielte mit den Trümmern der Führertasse.

»Dort draußen gibt es noch immer Unmengen an Tassen. Sie alle müssen noch zerstört werden, bevor wir sicher sein können.« Nach einer kleinen Pause fügte er hinzu: »Ich weiß, es ist eine gewaltige Aufgabe. Doch mit eurer Hilfe werden wir es schaffen.«

ENDE (na endlich)

Danksagungen

Mein Dank gilt all denen, die bei der Entstehung dieses Buches beteiligt waren, ob sie nun aktiv mitgeholfen haben oder mich nur indirekt unterstützt haben.

Einige dieser Personen möchte ich hier herausgreifen:

Zunächst ein ganz dickes Dankeschön an Kerstin Albers. Ich denke ohne ihre Zeichnung würden diese Zeilen von weniger Menschen gelesen. Neben ihrem zeichnerischen Talent ist sie übrigens selbst Autorin und eines ihrer Werke ist ebenfalls in der '16. Anthologie des Treffens junger Autoren 2001' erschienen.

Für ihre inhaltliche Kritik und Verbesserungsvorschläge (und noch einiges mehr ;-)) danke ich Julia Scho. Auch sie schreibt, hatte aber bisher noch nicht die Zeit gefunden, sich mit der Veröffentlichung ihrer Texte zu befassen. Ich hoffe jedoch für uns alle, dass auch sie diese Hürde in Kürze nimmt.

Ein weiterer Autor, dem ich zu Dank verpflichtet bin, ist Sebastian Sprengler. Er war ebenfalls zum Treffen junger Autoren eingeladen und ich kann nur empfehlen, ihn bei einer Lesung zu erleben.

So, und dann ist da ja noch die gute Familie. Meinen Eltern und meinem Bruder danke ich für die Ruhe, die sie mir beim Schreiben gelassen haben. Außerdem haben mich ihre Aufmunterungen auch in schweren Zeiten motiviert, weiter zu schreiben.

- Bergheim
10. April 2002